楊富閔

解嚴後臺灣囝仔心靈小史 1

# 為阿嬤做傻事

增訂新版

謹以此書

紀念我的阿嬤楊林蘭女士

# 目錄

## 第一輯 為阿嬤做傻事

## 第二輯 活成一個好命婆

寫作外一輯／Juppet繪

# 第一輯

# 為阿嬤做傻事

# 六月有事

我們全家跪了下來。

遲到的母親頂一顆剛洗畢的頭，裹毛巾如平埔女性，被我電話一催，跨上機車風風火火趕來補跪，叔叔和新移民嬸嬸比較沉著，提前到廟，業已跪了一落香，哥哥一手大妹一手小妹，她們不過滿兩歲，而我屈膝挺直腰桿，流看廟頂藻井八卦，有時停在忠孝節義雕畫、落地光明燈牆。不敢相信，媽祖廟地幾年前仍是我們世居三百餘年的祖厝舊址。

晚上七點，我們就跪在大內新建廟宇——朝天宮，祈求媽祖為病危的阿嬤延壽。廟樑挑高五層樓，氣派廟壁披掛霓虹色燈如紅燈青燈，父親領頭跪於鴨血狀拜墊，且不管時值進香熱季，信徒廟內煙霧走動祝禱，廟外是扮仙布袋戲、對嘴的歌仔戲棚鑼鈸鏗鏘。

一家人窩藏廟腹，集體向媽祖傾述無限家族心事。

進醫院即宣佈存活率剩百分之二十，瘋狂敗血症換來一臺洗腎機運作如從前瓜田接引地下水的生命幫浦。消息傳開，與阿嬤有半世紀心結的父親竟搶在客廳大哭起來，阿嬤後頭弟妹，東南西北急奔醫院看心愛的阿姊。

晚上七點，我們也跪在臺南柳營奇美加護病房外。不知何時菇似冒出這欉醫療建築，院內聚集農業縣內老年慢性病、物理治療患者，每天接駁車都固定自白河、楠西、下營、將軍滿載進站。而我住居的陋鄉大內只存四班公車，退出大眾運輸系統，幾次出門探阿嬤，喬裝病患於朝天宮站搭乘免費接駁車，沿途陽明工商、新榮中學、柳營殯儀館。其時四月春末，省道木棉花樹如火燒金爐，各鄉鎮紛紛傳來鞭炮聲響，忙著慶祝觀音嬤華壽與媽祖聖誕。

五月，忙於碩士論文撰寫的我，偶爾還想起加護病房外，最受阿嬤寵愛的小舅公曾說：「就等挑個好日子。」

那日話剛傳到我的手機，同坐電梯的小姨婆就哭軟了腳。

那日過後，我便以為日日都將成為阿嬤的忌日。

遂讓我記起曾有張寫滿先祖忌日的計算紙，大方貼黏客廳木板牆。牆面同時告示段考獎狀、父親的賽鴿錦旗、長頸鹿壁紙能當身高量表，到處膠水漏痕，撕不乾淨的紙渣。那該是九〇年代的大暑六月，我們家族的祭祀月。記憶退化的阿嬤喚我至「賣報紙仔」處購回大家樂專用、外觀似信封之計算紙本。再令歸身重汗的我伏在圖印阿拉伯數字與注音符號之卡通折疊桌上，聆聽她點名播報公仔媽忌日，阿嬤說：「寫起來，你們才會記得——」

「大大祖公，六月十二。」喜洋洋彩色筆我捺下。

「大老祖公六月七日、老祖公六月四日。」阿嬤說父子還同年死。

阿嬤再唸：「恁阿公六月十七日，絕對要記得。」

貴妃坐姿的粗勇阿嬤，搖扇驅汗解釋：「奇怪，咱家族查甫人，攏愛選六月死。」

我一聽，心底山區土石流過，腦袋轟隆作響。

筆擱在半空中，心想著：「我是楊家查甫人，我也會死在六月。」

但六月就來了，我仍活得不錯。

我死期未到，卻日漸奢華。

花錢如曾文溪水，總是阿嬤妳急救時，我人剛好在東區啖美食、購新衣。

妳的肺不斷為壞菌入侵，持續病危插管，吸出容量破紀錄的血痰。

走筆至此，祖孫間的默契告訴我——重病的阿嬤，妳也終將死於這一年。

# 寫成一個老作家

騎樓牽出摩托車，安全帽擺放腳踏板，車程十五分鐘，車速四十慢，我正前往一名為頭社的平埔族聚落，沿途盡是髮夾彎、大腸小腸盲腸彎、落石與坍方、過於茂盛的龍眼芒果樹遮了視線去路，我也正例行探看離家多年的妳，深山林內安養院，院址就在頭社公廨正前方——

頭社公廨正前方，鳳梨園三兩農犬追吠於我，我催逼喇叭、蛇行加速甩掉牠，最後機車熄火南洋風情棕櫚樹下，快步進入自動門開的接待室，執筆、填妥訪客資料——探訪人／楊富閔；院戶／楊林蘭；關係／祖孫——我們合法了。

來到妳床邊，室友共三名，輕喊一聲阿嬤，眾人集體盯向了我，託請照護的外籍大姊將妳自床鋪抱至輪椅，這技巧始終我學不來，外籍大姊且將輪椅三百六十度旋轉——我領走妳，一如兒時妳每每提早至幼稚園領走愛哭的我。

推妳繞景觀花園：茅屋與鐵樹、圓仔花配大理石桌、芙蓉小徑有造型雀榕，我將妳固定在一日曬充足、不為風吹的理想位置，襯著平埔建築物當底圖，妳合掌膜拜、我隨機抽問：「這是叨一尊神明？」——太上老君啊、阿立祖、一百分。

一個不存在我生長轄域、糾纏於我多年的埔漢故事它又顯了出來，可我不缺熱情、幹勁、故事，我欠缺的直是一立志當作家的決心。

如果是故事自己來找你呢？

狗在吠著，定又有家屬來訪，我的心情激動莫名。

我拍掉落在妳肩上的羊蹄葉瓣、我擦拭輪椅如替新車打蠟的大哥、我調整妳的毛帽與糞袋與鼻管，我在韓國草皮上繞著妳忙碌打轉——這是掃墓了。

那天正是清明，我也向妳播報當早掃墓實況，讓妳掌握進度：曾祖父的大墳長出一枝狀元樹；大小高祖母和高祖父據說也要作陣撿骨送入塔；姆婆伯公繼續曬恩愛，只因他們塔位會西曬；幾年前墓身崩毀的阿公早已進塔與人瑞曾祖母當鄰居。比較尷尬的是一座不知名的昭和古墳，目前打算放乎伊去——大家都說燒一燒、買個塔位放一起卡有伴——

妳點頭說是。

妳想要放在哪裡？

你想要放在哪裡——

這幾年同時扮演文學創作與文學研究雙重腳色，壓力不可謂不大，兩股力量激刺我定量書寫與閱讀、進步頗緩，一路寫著竟也給原本失序的生活、敗壞的健康、躁動的思緒、都在一次次題材孵育與敘事安置中漸漸穩定了落來。

也許無意間我已隨四〇年代一支由臺北帝大教授所組成的研究隊伍，走回了「地方文化振興運動」下的南方臺灣、我的臺南。數十年前國分直一與金關丈夫來到了大內頭社執行人種田野，他們是否就撞見年華荳蔻、前往玉井採藥的阿嬤？更早移川子之藏透過頭社居民毛來枝之手取得了牽曲歌本，讓我想起曾祖母訃聞上的毛氏親族們——他們是誰？我又是誰？困惑滾動困惑，放開滑鼠、鍵盤的時間是到了——

也許我也走在七〇年代登場的報導文學家背後，我們睹視土地生民、走入鄉間廠房、山海的偉力召喚至少兩個世代，我們以胸前披掛的相機相互指認，那是臺灣文學另一隻眼睛，我們邁步、趕路的彎姿似像非像，亦如你我同時攝下的臺灣圖像似實而虛——我才明白鍛鍊想像力成為文學最必要。

作為解嚴後出生的臺灣囝仔、所謂「認識臺灣」教科書的一代，此刻我把目光不分族裔省籍停靠在臺灣文學老作家身上，只因老作家年表如文學史之脊椎；老作家文本如文學史之血肉；老作家向我諭示身體與寫作的奧義，每篇文章我必須當成遺言在寫；老作家文學之續航力再度叩問我——

你立志要當作家了嗎？

「我想寫成一個臺灣文學老作家。」

可以的。

「真的可以寫成老作家？」

真的，因為你是花甲男孩啊。

# 我們現代怎樣當兒子

我正在替父親把風。

我趕緊拉上顯示為「治療中」的帷幕，好讓以下一切事宜不輕易被發現。

這裡是低溫冷凍的加護病房，約莫半鐘頭前，父親從住家後方的媽祖廟求來了一杯水，倒進社區活動中心贈送的隨身杯，令我拿著，他開車，出大內，途經省道官田六甲路段，讓南國藍天陽光通過車窗向我們團團送來；半小時候，抵收費停車場，早已算準了探訪時間到醫院——

這間搭設於鐵枝路邊、鄰近林鳳營與柳營火車兩站之間的附設醫院，病患多數來自農業縣臺南，並以老歲人居多，我們都至少有個親戚正看診於此，常在院間走道認起了人——唉呦，你也來喔？來拿藥啦！啊誰載你啊？我自己坐接駁車啊。生病是公公開開家務事，我心底這一件卻要懇請閱讀的你保密了。

帷幕內，父親緩緩從褲袋變出了一根自備的棉花棒，沾溼、戴上口罩的他眼神專注在阿嬤佈滿針頭管線的臉部、手面、輕輕點了一下。我是一邊忙著擔心小心別細菌感染、一邊忙著分散護士的注意力。半顆頭探出了「治療中」的綠系布簾，眼睛掃射護理站、無菌衣更換處、規格化隔間，空靜的加護病房內大家都忙碌著。

二〇一二年春天，阿嬤因急性肺炎再轉發敗血症，送入柳營奇美，很多老人都這樣去的：先輕感冒、轉成肺炎、痰中有菌絲、抽痰、抽痰……洗腎與敗血。醫生宣佈阿嬤活不過七天，當晚，父親隨即率領我們一家七口在媽祖廟跪掉半個時辰。

二〇一二年也是臺灣的宗教年，從初春到秋末，全臺四地都在燒王船、慶祝媽祖誕辰、各路神祇千秋建醮，鏗鏗鏘鏘，臉書上不斷傳來遶境現場照片，我的中國朋友學臺灣人跪在地上鑽轎腳，並以此姿勢拍下系列照片，臉書獲得數百個讚。

二〇一二年，我家後面那棟重蓋了十年的朝天宮媽祖廟，終於要開廟門了。挑燈的籌畫、緊密的流程，村民視之為吾鄉自兩百年前開基以來最重要的盛事，讓許多遷出數十年的外地遊子、也推著坐輪椅的老父老母回村赴會。

位在朝天宮廟後的楊家，其家族發展史即是一部媽祖進香史，我的父親、祖父、伯公甚至家族女性長輩都有一部媽祖經，我也是。

父親擔任要角，可說是二〇一二年開廟門的風雲人物。他能管理宋江隊、理解廟宇文化與在地發展間多重鏈結，更重要是他對故鄉文化傳承極具使命感。

廟會前十天，鄉里內的鬧熱氣息十分濃厚，大家都期待著，而醫生宣佈我們得做心理準備，父親日日自夜晚操練宋江陣的現場抽身至奇美。

阿嬤隨時會走，事情一旦發生，父親及我們一家將因守喪關係不得參與廟務，這是小學生也知曉的常識，媽祖都要傷腦筋。

蓋了十年的大廟，十年內多少人未及看它落成即撒手，我也在這十年長成一個臺灣文學研究生。十年可以發生多少事情呢？姆婆伯公都不在，姑婆也不在了。一座廟如何定錨一鄉鎮的情感結構，再沒有比住廟後的我們更能述說這份情緒。開廟門大家都期待，若父親因守喪缺席，媽祖香勢必失色，慌亂廟務工作，潰散宋江隊伍，可以說少了父親奔走，進度難以推動，那次廟會不能沒有父親——

大家難為情呢。

大家只能等待。等待的日子，我們做了很多事情：聯繫葬儀社待命、通知阿嬤的外家，姨婆在前往病房上的電梯抱我痛哭一場；我們也跟隨廟會遶境，去北港朝天宮買綠豆口味的大餅、土豆、蒜頭，開心吃了有名的當歸鴨肉羹，大哥還用line上傳了小圖。

等待的幾天，父親與我一到探訪時間，便重新上演這齣搶救阿嬤的戲碼，父親正在為阿嬤做傻事：棉花棒，沾水，全身從頭到腳點一下，彼時阿嬤已輕微變形，本有大象體態的她瘦成四十公斤，全身水腫，氧氣罩、呼吸器、鼻胃管、抽痰機……大姑看到就說不要了、母親好幾次跑錯病床，搞烏龍、說每個阿婆都長得很像呢。

我的把風功夫則越發深厚，有一次突然遇到護士闖入，父親緊急撤了手，我腦筋一轉，立刻向護士解釋、看！阿嬤有反應耶。我指著阿嬤眼角的水漬，說阿嬤很像在哭。

現在想想，說不定彼時阿嬤看到父親為她勞心苦命，冒著被趕出醫院的風險，確實滴下了眼淚。

阿嬤與父親關係十分緊張。當我年幼，一次放學在樓上聽聞醉歸的父親同阿嬤怨嘆著，內容模糊，但情緒該反應是長期受到阿嬤的忽略，父親像說了我在外面出事妳會擔心嗎的句子。

在樓上貼著木板牆偷聽的我喘不過氣，沒有心理準備，剛烈的父親原來也是個孩子。

阿嬤因早年喪夫，三十歲開始女人當男人用，嫁在千人大家族，她是如何養大三個孩子？她還要面對妯娌的言語，死了尪、連傷心時間攏無，政府給予的賠償金阿嬤說她一毛沒拿到，唯一具體的喪偶反應是，阿嬤說她什麼都忘了、連最擅長的算術都弄不來。

父親彼時四歲，夾在得以協助家事的大姑以及剛出生的幼子小叔之間，成了他自己口中最不被關愛的孩子。

父親是體育長才，這點遺傳自祖父：田徑、足球、棒壘賽，國中老師都建議他要去念彼時專收體育生的南英工商；說、這囝仔沒好好栽培，會太可惜。實則父親並非怨怪阿嬤無錢財供他練體育，是在同一個時間點，二爺爺抵達了我家客廳，並順勢帶來一嗷嗷待哺的小食客，才一兩歲。

很多年後，我曾偷偷問過阿嬤，妳後悔無？我還用相當現代的說法告訴她——妳怎麼把自己搞成這樣呢？

阿嬤勞碌一輩子，哪裡有時間沉溺悲傷、思考出路？張眼即賺錢、工作、三餐，家務事亂成一團。日日出沒二爺爺的田，增加雙倍農事，為此不被子女理解，然後遭逢鄰里側目，那也是災難的根由，不知情的人還以為阿嬤拿了什麼好處哩！怎會有好處，我小時候天天都在當她的定心丸，陪她去西藥房借錢、去農藥行還錢。

我也想起國中，日日在跟父親吵架、打架，阿嬤總會一個人吃力爬到三樓，來到我的房間，好言相勸要我同父親道歉，甚至連臺詞都幫我想好了，什麼爸爸失禮，我卡袂曉想——我聽了搖頭、心想真是荒唐。

直至很多年後才驚覺，我與父親關係緊張，阿嬤是覺得她也有責任；才驚覺母愛太少，又未曾享受過父愛的父親，他如何能扮演好父親的腳色。

我太難為父親了。

再說明明父親未曾冷落過我。

小學六年級畢業，拿不到縣長獎，他仍是典禮前一小時即到現場，隔著教室窗戶我看他在樹下逢人問路，心頭竟替他感到羞赧。本只是以家長身分出席的他，因是優秀畢業生楊富閔的爸爸，又被請去頒獎，那天他換下平日的工作服，改穿休閒皮鞋西裝褲，現在才明白牛頭班出身的父親，是如何以會念書的我為傲。我得到林榮三文學獎，他四處稟報，說我們家這小尾仔，真了不起。

我念私立的、昂貴的黎明六年，天天都在裝病，中午別人放飯，我請假回家。父親那時剛辦手機，會立刻驅車前來護駕。他接送我十幾年：補習下課、北上南返的火車站、麻豆統聯站、高鐵歸仁站，都有他等候我的身影，這樣盛大的寵愛來自一個自小無父的父親，他才是我最了不起的爸爸。對他來說學習當父親如何困難，我曾在三樓倉庫翻出一整套親子教育的錄音帶，猜想是父親的自修教材。

我念東海四年，他出差路過臺中，鐵定過來看我，或順路把我車回臺南。好幾年的中秋，我因疏於提前購票，被困在大度山、一人據守在宿舍，我不以為意，父親倒緊張起來，半夜三點自行驅車到校門口，隔著山嵐霧氣的中港路向我揮手，回程在清晨古坑收費站買營養早餐，那日冷氣團剛報到，他怕我受風寒要我躲起來，躲起來？我不解其意，邊走邊傻笑，該躲到哪裡？心頭卻溫燙如安裝一臺迷你暖氣機。

我出版《花甲男孩》，他自己手繪表格，拿到公司叫賣，要大家填好名字，還自備零錢袋。《花甲男孩》在他的紡織公司賣出五十本，我覺得很驚人。有一次，父親的客戶告訴他：我讀到你兒子的文章，常寫你的壞話。不久傳到我耳裡，我心底後悔極了，趕緊修掉所有文字。

最近騎摩托車載他去看醫生，他一手搭在我的肩，我發現從前載他搖搖晃晃，現下卻平穩多了。父親失眠長達三十年，近五年因阿嬤的病，他瘦了不少。

二〇一二年春天，媽祖遶境圓滿順利，阿嬤病情穩定，是熬過來了。當晚廟方舉行平安晚宴，全鄉居民都聚集到了廟口吃辦桌。我看到許多離鄉十幾年的親戚、鄰居、老面孔都有回來，問候聲是這邊那邊：從前在我家斜對面賣自助餐的淑枝阿姨就坐隔壁，看到小叔即問：「恁母仔最近好沒？我今嘛有時住高雄，有閒才來看伊。」、「攏不知恁阿伯仔、阿姆仔攏往生啊，這遍轉來才聽人講起。」廟事即是家事，這是在地人的共識。

席間，我四處張望，遲遲不見父親的身影。他的宋江隊員已就座，不斷向我問教練人呢？

教練身體不舒服在家裡。

我有點擔心，在康樂隊搖滾聲響中離了廟口，走回只有幾步路遠的家、上樓。

父親兩眼瞪大躺床上，索然看著電視。我說你怎麼不去、大家都在等你。

父親漸漸失去言語能力，父親沉默無法表達心中情緒於萬分之一，只因阿嬤五年前病時，父親就跟著病了。

三十年來的失眠，終在高壓工作環境以及阿嬤照養事宜積累下一夜暴發。

決定辦理退休，太早了，才五十七歲，大家都有充足的理由反對，經濟重擔一下掉在母親身上，我心底也反對，卻是第一個舉手同意。

為了迎接他的退休，找來無數退休專著猛k，我甚至覺得自己應該回南部工作，陪他規劃五十七歲後的人生，我沒有勇氣告訴他——你提早退休，我的壓力立刻來了，明明你說讓我毫無掛慮地讀書與升學。

開始思考能做點什麼，他一人在家，中午有吃嗎？父親向來怕麻煩，該不會煮煮泡麵過一餐吧？我不斷快遞各地美食，水餃料理最是方便；我不斷加強心理建設，承認我們家現在有兩個病人。

陪父親四處看身心科，上網了解關於中年男人心理病症，打電話給他的時候要先列點筆記，他的生活如此空乏，對話容易冷場；也開始幫他處理許多文件，初始我常以他的名義代簽，通常是阿嬤申請外籍看護的物事、養護中心費用的交涉、甚至住院表單，病危通知、放棄急救書，無數的表格，最後乾脆由我一人經手負責。父親有個挺別致的名字，叫做戊癸，天干地支內的戊癸，據說是我家後院早前一位漢文老師的美意，我很喜歡這個名字。

媽祖祈福遶境過後，阿嬤健康奇蹟似好轉，我們開始討論是否拆下阿嬤的維生器材，我們對阿嬤健康有信心，阿嬤能自己學習呼吸、恢復意識、直至醒過來。何止醒過來，誰相信阿嬤幾天後可以講話、認人（第一個認出我）、快速出院並且精神地在養護中心丟軟球、玩積木呢！

父親不斷說我們媽祖真「興」，我則為了顧及醫師的尊嚴與專業，趕緊讚揚奇美實在高明，彎身鞠躬答謝之心情就像夜市販售的擊鼓兔，心底在開party。

遶境過後，媽祖廟成了新興景點，至今一年過去，香客絡繹不絕。

我常獨自一人來看廟，我並不喜歡傳統廟宇炫富式的建築，但廟前廟後，直至每一尊神偶都有我的記憶：開漳聖王、保生大帝、楊大使公、田都元帥、媽祖婆，我來這裡像拜會老朋友。

二〇一三年六月二十三日早上十點，我又在替父親把風。

我趕緊拉上顯示為「治療中」的帷幕，好讓以下一切事宜不輕易被發現——這裡是低溫冷凍加護病房，六月二十三日早上七點半，父親接到來自養護中心的電話，說明阿嬤在送往醫院途中已然休克，隨後經搶救恢復意識，人已送到急診室。

八點，父親與我抵達柳營，提早到達的養護中心護士箭步向父親說明，急診室醫師也過來解釋將展開的急救步驟，我一人躡手躡腳登入冰冷光亮的診間，老遠看到阿嬤沒蓋棉被平躺床上，我問收拾中的護士，能過去看嗎？沒人阻擋我，我即刻欠身喊她，阿嬤！

發現瞳孔放大，兩眼瞪向天花板，其實我有被嚇到，我知道阿嬤根本已經死了。九點半，父親與我遂在帷幕內等待救護車人員前來，我們即將陪送阿嬤回到大內的老家，距離阿嬤上次宣佈無效剛好一年整。

等待的時候，護士用無痕膠帶在阿嬤胸口別上一臺迷你收音機，唱起阿彌陀佛經；等待的時候阿嬤嘴角一直溢出紅色的唾液，我不斷抽取衛生紙細心擦拭，我不敢問護士，這是血嗎？等待的時候父親愣在床頭無助掉眼淚，我告訴自己冷靜，我甚至沒有哭泣，拉了兩把椅子指揮父親陪我挨坐在床沿。

我俯身向阿嬤輕語、攏好啊，咱等一下欲轉來大內。

握緊阿嬤的手，沒有溫度，開始冷了。

我還說，阿嬤、妳看，我爸爸為了妳拚成這樣、他真是了不起！這才激動哭了起來，我是多久沒公開稱讚父親了呢。

面對中年退休，將長期在家的父親，我所能給他的只剩大量的肯定，逼自己要大量的鎮定。

我將父親摟住，密閉的帷幕內，想起他偷偷摸摸以棉花棒替阿嬤治病，才意識到治療旅程已經結束，才發現父親滿頭大汗、雙手也是冷的。

阿嬤死了。自一九六一年祖父在曾文溪水中溺斃，五十多年過去，單親媽媽楊林蘭人生旅途正式結束，五十幾年來厝內發生這麼多事，陪坐在救護車上時，我怕阿嬤沒有跟回來，我緊緊握她更加冰冷的手，我說阿嬤妳真是辛苦了！

阿嬤後事圓滿結束，一個晚上，我們再度回到朝天宮，備了祭品來向媽祖叩謝。

等待香過的時間，空靜的挑高的廟殿，光明燈牆，裊裊檀香，給出了舞臺。一家八口在廟腹打發時間，做什麼呢？妹妹在神桌下捉迷藏、母親在側邊的接待室看「風水世家」，父親小叔到外面抽菸，我抱著遊戲的心情，拿起了杯筊打算求籤。

心底邊盤算求什麼，邊從籤筒抽出一支編號五十的籤枝。

隨後媽祖婆連許三次聖筊，出奇地順利。

我向來最怕抽籤拖拖拉拉，我們的媽祖阿莎力。

蹲在籤櫃前，從籤櫃拈出了編號第五十支籤。

凝神我讀了籤文，立即發現異狀。

我叫大哥過來看籤，我說非常有問題、遞上去——

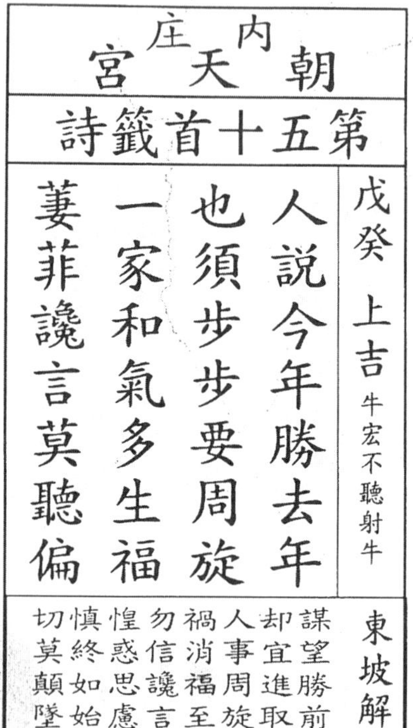

內庄
朝天宮

第五十首籤詩

戊癸　上吉　牛宏不聽射牛

人說今年勝去年
也須步步要周旋
一家和氣多生福
萋菲讒言莫聽偏

東坡解
謀望勝前
却宜進取
人事周旋
禍消福至
勿信讒言
惶惑思慮
慎終如始
切莫顛墜

大哥細細朗讀著籤詩內容：人說今年勝去年／也須步步要周旋／一家和氣多生福……被我這樣呼攏，他也緊張了起來。

我安撫他說是一支好籤，但你看清楚，籤詩版面這麼豐富，籤詩學問很大哩。

大哥順著我的手勢，重新檢視起了籤詩，可惜他似乎敏銳度不足。

他問是求什麼？我驕傲地答覆——求父親鬱症快好！

第五十支籤的籤序為戊癸籤，是支上上籤，籤曰**戊癸上吉**。

是的，父親的名字即是戊癸。

# 一種位置：亭仔腳什錦事

號作騎樓也好、亭仔跤亦可、多數人則叫它亭仔腳，我很早就發現自己的語言文字離不開它——亭仔腳有時平鋪著與家屋同款的地磚，一如客廳之延長；也像馬路左右延伸特殊空間，隱隱然結構我出生至今二十五年來觀看世界的角度、盲點與成見——

亭仔腳是我書寫的位置：關於文學也關於身世。

最原初記憶是四歲，我站在騎樓一張矮凳子看砂石車連環追撞鄉間產業道路，那也是正午，日頭光直射燒燙燙柏油馬路，母親在餵我吃蕃茄醬炒飯。

臺灣各地無論城鄉仍可見亭仔腳，此一因應氣候、風土而生的建築形式，據說起源於清末、發達於日治，它外觀如涼亭而得名，我覺得它更像宮廟之攆轎腳——亭仔腳提供行人遮陽避雨，給遊民乞食臥睡，給臨時攤販賣口香糖與糖炒栗子，周夢蝶的書攤便是在騎樓。敘事亭仔腳一如小學數理課攤開多面體方盒，亭仔腳爬滿日常生活折疊句：關於一心靈開放也關於一心靈封閉。

但我要述說的不是南北貨街屋式騎樓、不是店租昂貴櫥窗式騎樓，我要的亭仔腳同樣立基臺灣島各地，指認的方式並不困難——只因它都停著自家的小轎車，亭仔腳是一免費停車格，車主即樓主；我要的亭仔腳並不歡迎步行，它是家屋空間之剩餘，提供你我出入轉圜情緒、它難以區分內與外、公與私、困與逃……因界線模糊，亭仔腳生出種種可能性。

靈感與素材都藏在亭仔腳。日治時期灣生畫家立石鐵臣於一九四〇年代開始在《民俗臺灣》刊載系列版畫，立石精緻捕捉戰爭期臺灣庶民生活，他在騎樓發現街頭曬衣人家、寒冬棉襖老歲仔、遊戲中光頭臺灣囝仔、當中亭仔腳是立石目光頻頻聚焦所在，我想像他性喜於走動亭仔腳，在免於日曬雨淋考驗下將臺灣深刻化。我閱讀立石鐵臣同時閱讀臺灣的細節與層次：騎樓裝日光燈、水龍頭、看門犬、春聯紙、小金爐……種種亭仔腳物事到底向我隱喻著什麼？

最常走動騎樓的大概是龍瑛宗筆下的小說人物吧！隱忍毒辣陽光的南國男孩，掙扎思索故鄉留與不留，土地賣與不賣，我們有類似心緒，可龍筆下那憂鬱與炙熱與死亡鏈結出的臺灣書寫又到底是什麼？後來讀龍的隨筆，才知他對騎樓也頗有心得，大概他就像自己筆下的小說人物常在騎樓懶懶蛇吧。

周金波則通過一兒童目光撞見了廟會儀式中伸長舌頭的七爺八爺、倉皇躲進騎樓躲避西北雨的畫面，憑這雙銳眼他在寫出如〈志願兵〉、〈氣候、信仰與宿疾〉等秀逸作品並不讓人意外，周且認為騎樓乃一私有空間，居於終年多雨的基隆，也排斥行走其中，更拒於在亭仔腳五四三——我想起今日許多設在騎樓的公用電話，在手機尚未普及的九〇年代，常能看見村內許多就讀如今升格為技術學院、前身係工商工專的姊接固定晚上八九點蹲在騎樓柱仔邊講電話，那是小說場景，象徵一年代愛情的表述形式。

我書寫亭仔腳面相學，同時書寫亭仔腳什錦事。

夏日我們在騎樓幫新摘的水果撿顆，常是酪梨與芒果與龍眼，製作破布籽時小團體在騎樓圍圈，騎樓一時成為露天之廠房，記得有回外地小客車觀光路過，停車下來喊價，一時騎樓如同路邊攤，初次我有做生意的感覺。

母親嫁至楊家那年的婚禮便宴設騎樓，照片中母親為媒人婆牽著四處敬酒，我注意的並非脂粉濃厚的她，而是厝邊齊心為一場婚禮而撤走了雜物讓出了空間，為此整排樓仔厝騎樓如另一與大馬路平行的走道，剛好得以多擺八九桌，那是人情的線條。

騎樓也是執行喪禮的場所，棺木初至會暫歇亭仔腳，記得曾祖母過世那年，大伯公先領家族隊伍在騎樓繞棺匍匐，出殯前日之藝陣表演則將騎樓化作臨時舞臺，孝女白琴便是自騎樓帶著我和堂姊一邊爬進門、一邊玩剪刀石頭布。

我想起香案都設在騎樓，一次清水祖師遶境，全家跑得不見人影，眼看鄰居香案紛紛祭起，我緊張地羞愧地恨不得拉下鐵門躲上樓，最後鼓起勇氣，連忙立起折疊桌、擺好香爐、有樣學樣地從廚房挖出橘子鳳梨趕緊供上去，隨鑼鼓聲逼近倒數，終於趕上廟會遶境的隊伍，我持香再三祝拜，當年才七歲。

老歲人為什麼都愛坐在騎樓？我阿嬤七十歲開始鎮守騎樓如守門員一心注意有無人車擋住了小客車出入。我想像每一座亭仔腳也都該安裝一位老阿嬤，我想像現下阿嬤身邊多搭配一外籍看護如小孫女，一老一少一輪椅可以說是當代亭仔腳新風景。

對年幼的我而言，騎樓是童年發生的所在，只有騎樓才能體現挨家挨戶四字之精髓，我喜歡從第一間跑到最後一間，注意每家電視機內容：速度快時像看幻燈片：〈火中蓮〉、〈濟公〉、〈天天樂翻天〉、〈美少女戰士〉——動畫原是連串定格畫面之總和，記憶不也是呢？

設想中秋活動若不在流動的騎樓，又怎能一家烤肉萬家香？

我家騎樓曾住有一群燕仔，鳥巢形如葫蘆，因開口方向朝外被母親譏為漏財，有年重新粉刷騎樓，粗暴工人未經同意便擒竹竿將之打落，那天黃昏焦慮的我看著一群厝角鳥仔騎樓繞圈啾啾鳴叫，我恨死那工人。

騎樓作為進出家門一緩衝空間，大概它性格是曖昧的，從客廳撤出物事不知丟或不丟便暫時擱在亭仔腳，通常看得見便宜鞋櫃或跛腳桌椅，騎樓也有我的嘉南羊奶小方盒、務農的雨鞋是阿嬤的、母親一臺的破舊機車。亭仔腳提供屋內規範下一切人事之複製與例外：複製如在騎樓吃三餐與做功課；例外則是抽菸，或給不那麼熟識的來客一打發時間的位置。

那也是我的位置，既親且疏，介入又不介入，多年來因室內坪數有限，客廳一遇有父親大型聚會，我常不耐菸酒味一路從客廳退讓到騎樓，加上房子早已住太多人，我們一家四口殼縮在六坪小房宮，我渴望有一私密處收容，於是找到了騎樓——通常我會坐在騎樓一臺機車，坐墊就是我的椅子，看自家客廳也看左鄰右舍，更看路上人車與小客車反射出自己的角度、盲點、成見。

入夜的亭仔腳鐵定視線不佳，每有汽機車駛來，大燈一照、常讓客廳瞬間跟著亮起來，據說枉死外頭的亡魂入不得門，世世代代都顛倒黏附在騎樓，我猜測以後其中一個就是我，是許達然的句子：「從前祖先勞苦開墾，協力發展成村成街，從孤獨的草寮木棚到相接的土角磚造屋，土隨地取，磚卻多從故鄉運來，建造的不是隔絕的亭，引誘腳停，而是聯合的亭，方便腳走。」（〈亭仔腳〉）所以亭仔腳亦是一歷史緩衝地帶，高的低的、快的慢的、新的舊的、你的我的。二二八事件賣菸的阿桑就擺攤在亭仔腳。

現在我正駐足在家門口騎樓，看手機，後背包，像年幼習慣坐在母親並未發動的機車上，這才順亭仔腳開展視線——

一間間深鎖閉門，屋子空著沒人住都七八年有了。

隔壁四歲小妹見我立刻跑出來，我忍不住要抱她，我也很久沒看到她了。

小妹拋出質問句，讓我語塞，一時任由巨大悲傷海撲過來，有想哭的衝動——

你可千萬別在亭仔腳停太久。

只因連自己也弄不清楚，一如小妹犀利之說詞——臺北的哥哥、你是要出門，還是剛回家呢？

# 讀盧克彰《曾文溪之戀》，愛不釋手

在河床遇見盧克彰／林友新／楊德三

一個透南風的午後，我在辛亥隧道不遠處的大安分館，借到了臺灣已故作家盧克彰先生（1920—1976）的小說《曾文溪之戀》。

《曾文溪之戀》的故事並不複雜，配置人物以林友新、張薏美青梅竹馬情，以及周紹琪、張明華的省內外婚姻，其中也涉及了族群融合、榮民退撫、國家建設、地方復興、農村書寫。小說完備於一座曾文水庫的完成，起源於一條長期乾涸的曾文溪、終年缺水的沿岸鄉鎮，地點設計在曾文溪上游、臺南縣楠西鄉。那據說將因建設水庫發展起來的偏遠深山，這幾年人口數尚在遞減，從小我常尾隨父親大清早來爬梅嶺、路邊買特大號在地楠西楊桃，也懂得大啖梅子雞，《曾文溪之戀》再現的楠西與今日楠西，似乎並無太大差別。

除了《曾文溪之戀》，記得在「齊邦媛圖書室」看過盧克彰的《墾拓散記》，那放逐東部山區茅舍生涯，令人想起臺灣時興的農閒運動，體驗自然山水、回鄉種菜種樹的小農生活，縱使《墾拓散記》歷史脈絡全然迥異於五十年前，可這些根植土地、飽富生命力的小品散文，今天讀來仍讓人激動不已。它領我遠離喧囂臺北都會，重回臺南山區，就像《曾文溪之戀》裡一心根留故鄉的林友新，排除眾議讀了農專，留在楠西當少年神農，他懷著農村救星之抱負，想改變土地價值觀造福鄉梓，他動不動跑到枯竭曾文溪邊看河床亂石，我也是；他思索家中三甲土地、不斷自我解釋不出家鄉的理由，他說「農業永遠都不會過去」、「田裡的工作很適合他，心安理得」——他年輕，我也是；他想為楠西，喔不，他想為曾文溪流域所有臺灣人做點什麼。是的，盧克彰筆下寫的是我不知道的事，一個被我率然忽略的臺灣書寫我讀晚了。

我閱讀《曾文溪之戀》同時也閱讀戰後臺灣地方建設史，溯溪而上一路遇見故鄉親朋：阿嬤少女年代是曾文溪捉蝦活手，可說是沿著曾文溪長大；小舅公最喜自大內二重溪緣溪走往玉井楠西與甲仙，複製當年西拉雅平埔族撤退路線，同行大概是一水鹿一山羌。十幾年前，我坐著腳踏車跟鄰居來曾文溪邊摸蜆仔，其時小堂哥剛在安平秋茂園戲水溺斃，水深勿近，我只敢亭亭等在溪埔仔邊，遂初次遇見野生龜族、陸蟹兵團向我橫橫走來；十幾年後我在曾文溪老文本中遇見老作家，盧克彰讓我長出另一隻眼睛，跟隨他的視線我重新注視起故鄉臺南。

實則曾文溪即有「青暝蛇」稱號，兩三百年來水患頻仍，曾文溪改道史即是農業縣臺南災難史。且讓我們跟隨林友新目光，這小說開頭是這樣的：

> 在颱風季節，每當山洪暴發的時候，曾文溪就變成了張牙舞爪的野獸，挾著勢若千軍萬馬的洪水，肆無忌憚地恣意撲噬著兩岸田地上的農作物、房舍、人畜……

我爺爺楊德三就是為曾文溪撲噬的人畜，曾文溪多年來於我直是個家族禁忌。

作為政策書寫下的《曾文溪之戀》，故事中的水庫有不得不完成之命運，為此小說化作官方註腳，結局提前完成，這是政策文學侷限，亦是鄉土文學囹圄。多年後，當我親炙曾文水庫，參加全國中學生環湖路跑，賽後同學以白色巨型興建紀念碑為背景留了影，碑文銘刻造建水庫種種艱難事蹟，此刻看來亦如《曾文溪之戀》文本之延伸。十數年前開拔此地的榮民弟兄：從戰場到山地、從炸山到開路、從中橫到南橫，令人想起陳列的〈在山谷之中〉，以及李渝的〈踟躕之谷〉，臺灣多少重大政經建設爍著爍著退役軍人的身影，工程艱鉅之曾文水庫在盧克彰筆下則如此呈現：

> 一旦水庫完成，可以充分利用曾文溪的水資源，改善並擴充嘉南地區耕地灌

溉……而且可以調解下流河道洪峰流量，沿岸土地被沖失和氾濫成災的憂慮沒有了，附帶還可改善公共衛生，發展觀光事業，供給工業用水及公共給水。

臺南多埤塘也多水庫，據說我家飲用的水來自南化水庫、烏山頭水庫牽連著嘉南大圳興建史，加上曾文水庫三庫並進灌溉嘉南平原，沒水不啻是沒田。想了一上午，腦海搜尋不出旅遊曾文水庫的記憶，我家是固定週末都出遊，出遊是逃家之變種，國小我便同父母親玩遍南臺灣各大風景名勝：高雄寶來溫泉區、甲仙大橋芋頭冰、南化烏山獼猴爺爺、也有東山白河關子嶺，不到半夜不回家。實則從小我也活在曾文水庫陰影下，二爺爺口中再現的曾文水庫是——哪天爆炸了，我們家就不見了！我常被嚇得難眠徹夜，鎮日忖度若水庫真有崩毀那一天，我得趕緊拉著全家逃至頂樓違蓋的鴿籠，一思及行動不便的阿嬤，大概劫數難逃。我延伸《曾文溪之戀》文本續過老百姓生活，那在文本之外的衛生、觀光與給水，水庫所在之處便存性命風險。是的，《曾文溪之戀》作為文宣品畢竟寫來保守，一座水庫完成實也賠掉多少性命，反是盧克彰有匆匆幾筆帶過之場景，這樣吸引了我：

曾文水庫完工後，海拔在二三二・五公尺以下之嘉義大埔鄉的水庫區域，將因水庫蓄水而淹沒。凡在這區域內的居民，都必須疏遷。

一座與世無爭的村莊，玩具模型般的沉在水庫底，靜止在水庫底下的一九七三年，容貌完整的屋舍、春聯、時鐘，窗櫺間有魚群游動，我是不是發現了什麼？我發現當我唸讀文本，也隨楠西鄉民半信半疑，遠東首屈一指的曾文水庫，真能改善農村生活？動工一九六七年的曾文水庫於一九七三年完工，盧克彰的小說出版在一九七四，二〇一三年我讀畢步行辛亥路還書路上，藍天白雲啊我心想——曾文水庫早點興建就好了。

我也喜歡無事騎車來到河床邊，眺望故鄉的惡地形、白茫茫蘆葦花地帶，像味全龍的強力主投擲著石子；我也有過一場「曾文溪之戀」像林友新——

於是讓我沿文本時間設定一九七〇，倒退來到一九六一；也順水勢往南化、玉井中游緩緩而去，最後在中游大內鄉二重溪區域停下來。

我讀盧克彰，心想曾文水庫若早點興建該多好——

讓我告訴你發生在臺南大內楊家的曾文溪故事。

## 從沙洲卡車到英烈小祠

爺爺、祖父、還是阿公？楊德三、楊得叁、還是楊德參？因為不曾擁有過，每次站在神主牌前執香，我老不知該如何稱呼祂——倒是手邊私藏一張楊德三的解除召集證明書，相片中年齡二十三的祂職稱陸軍步槍兵，面容清秀，算斯文男。今年二十五歲的我努力嘗試喊著相片中的祂一聲阿公，卻感覺哪裡怪怪的——

放上網路立刻引來臉友按讚，朋友隔天見到我說你爺爺真帥，為此趕緊比對相貌，說服自己長得跟楊德三多少有點神似——

阿嬤常說：「嫁來大內之後，恁阿公去作三冬兵！」三年太久了，你們婚姻不過九年，不同於小說中林友新張薏美通俗模式，現實畢竟嚴苛——

楊德三死時不過二十七，留下一女兩男。

楊德三死於一場曾文溪上游的山洪暴發，命斷曾文溪是流傳家族數十年來的普遍說法，我對祂的認識比如未亡人阿嬤的說詞——

本來打算到臺南市討賺，「恁阿公連全家的生辰八字攏抄好了，恁曾祖母拚命來擋，才會去曾文溪河床撿石仔。」阿嬤還說，政府賠錢幾十萬，攏乎您伯公收去，講是超渡開去啊，事發彼一暝，歸口灶攏去救人，「恁廟口伯公醉得東倒西歪。」五十年過去，本只想從阿嬤口中拼湊的家族小事，卻讓我活像個記者採訪起受難家屬，阿嬤仍激動：「恁阿公死後，我什麼都忘了。」阿嬤從前擄說是大內公學校珠算天才少女，她有我遠遠不及之數理天分，對阿拉伯數字尤其敏感，但她向我述說什麼都忘了，閉上眼睛就看到大水啊——我心中暗自筆記，知道阿嬤百年後該放在哪裡。

又或問起親臨現場小舅公，據說他當晚立刻趕到橋邊，時已入夜，照明不足，河面又呈數倍寬，「已經毋是原來彼條曾文溪了！」林友新說：「都是你，都是你，害人的鬼溪。」小舅公則說：「我看到阮姊夫游起來啊，擱跳落去救彼個啞巴仔，他把啞巴仔推向木筏，結果自己被大水捲去！」

小舅公後來協助阿嬤養家幾十年，天頂天公，地上舅公有交代我，那天要是來了，記得讓他心愛的阿姊留一絲氣回家。

民國五十年，大姑七歲，父親四歲，小叔一歲。

民國五十年，一個以阿嬤林蘭為名，失去男主人的寡婦家族正式成形。

盧克彰筆下的曾文水庫早點完工該有多好。

這幾年因學術工作，我有機會通過微卷機器，地毯式閱讀戰後臺灣舊報紙，電光石火中爬過《自立晚報》、《中華日報》與《臺灣新生報》，那是臺灣歷史在你眼前狠狠地經過——痛快極了。可沒人會知道在我目光抓皺在老作家楊念慈、趙滋藩《中央日報》專欄文章時，有一天下午，我會撞見楊德三的死訊。

是的，民國五十年七月三十一日《中央日報》寫著「溪中採石山洪暴發被困大內發生慘禍」。

我是被強制通知認屍的家屬，愣坐圖書館五樓全身癱軟無力，趕緊放大輸出，因在校生優待，一張只三塊，我用三塊買回一頁家族史、父親尋父史、阿嬤亡夫史，缺了五十年的大內災難史讓我補了回來；阿嬤當年得知消息，想比驚恐遠過現在的我，阿嬤說我攏忘記呀，大家攏不乎我去溪埔仔看伊——

二〇一二年夏秋之交，因為一張報紙的緣故，我騎車載著父親重新來到曾文溪邊、當年事發的二重溪橋頭。時值菅芒花季節，連著瓜田、丘陵地形，在我眼前是一張值得寫生的天然山村風景畫，新建的堤防具防洪的功能，晨起日落也有鄉民來此運動，這幾年大內是不再淹水了，早年二重溪吊橋已然消失，六〇年重建的水泥橋又在十年前慘遭大水沖毀，此刻腳下這座觀光大橋挺牢固、極寬敞、不遠處就是窺測星象南瀛天文臺——

我還記得，當我將報紙護貝分贈給父親與小叔，他們捧報、仔細端詳瞇著老花眼睛的神情——父親與小叔都五十多歲了，卻是第一次如此靠近生身父親，他們隔了五十年終於確認父親的死去，父親雙手顫著抖。是我無心提供了一個屬於災情報導中的父親形象，其中兩段涉及人的描寫，那是楊德三嗎？那記者新聞語言是這樣寫下——

滂沱大雨中，突然山洪暴發，溪水猛漲，該等工人無法逃越溪水，均登上卡車避水，豈知洪水越來越大，水勢猛烈，卡車迅速岌岌可危，**全車工人**各個驚心動魄，向岸上大呼救命⋯⋯

我們走在橋頭附近砂石場，鄉間開採砂石風氣素來旺盛，只因砂石值錢，砂石乃國家財產，戰後建設臺灣的六〇年代，偷挖砂石曾是禁忌，不知臺灣文學當中有多少砂石書寫。楊德三當年只是名搬石頭工人，事發後曾祖母四處觀落陰，探問她的心肝子是去了叨位——阿嬤說係恁阿祖阻擋阮去臺南市，恁阿公才回去搬石仔——

實則楊德三也曾是宋江陣一流的鼓手、當兵時是一流長泳健將……我的手上提著一紙袋香燭，想著當年祢有喊救命嗎？強風豪雨，阿嬤說她在家裡擔心風雨、不到一歲的小叔哇哇大哭、父親則在打呼。如今中游河水無波無紋，無法想像山洪暴發、河床遼闊像出海口的磅礴場面，當年救難人員於此緊急拋下無數竹筏漂流木，企圖給困在河中的卡車災民救生，卡車上的祢與十來名工人挨擠、揮手、吶喊、祢一定也想活下來吧——

> 大內分駐所全體員工，發動村民趕往現場搶救，是時水流湍急，河床遼闊，無法下水，緊急聯絡軍方請求借用橡皮艇，兼之天黑雨大，經用探照燈，亦無法發現被水圍困之人群狀況。

很多年前我也曾短暫到過夜晚八點曾文溪邊，那時小舅公正著迷抓河蟹、溪蝦，以及據說每逢曾文水庫放水，從上游沖出的肥美大頭鰱、筍殼魚，我不敢靠近，只等在橋頭，看小舅公停妥了機車，領父親持著探照燈搖搖晃晃向河邊逼近，始終我與曾文溪保持距離。我與父親走過二溪觀光橋頭，左轉即是曲溪、二溪村落，那邊是阿嬤的娘家，但我們必須右轉，走上兩分鐘的路，目的地是一間叫英烈小祠的萬善堂，很多年後我也才明白，為何農曆八月二十四，全臺灣都在祭祀萬應公時，阿嬤總會「請」二爺爺騎車載她來到橋邊的小廟仔，是的，萬應公廟都收容無主冤魂，據說民國五十年被洪水流去的十多隻亡魂最後都窩到了這裡，祂們是——

被洪水沖走，生死不明的十一位工人，多為大內鄉人，警方現正挨戶調查核對個人戶口名簿。十一人為楊能致、楊崑義、楊德三、楊金蓮（女）、楊兔（女）、楊阿富（女）、楊迎（女）、楊傳（女）、楊美新（女）……

白紙黑墨，死亡名單，楊德三清清楚楚我眼前浮現，一如當年救難隊伍在曾文溪床挖到了祢深陷泥濘的屍首，而我在微卷機器前努力辨識面目模糊的祢：爛掉歪腫的鼻、發臭長蟲的軀體、一雙軍用長靴。我呼吸、彷彿看見英烈小祠榕樹下，體膚完好的祢對我文文笑著，而後來的二爺爺機車上坐著、等著。

不同於多數萬應公廟號，眼前水泥屋所以叫「英烈小祠」，緣是祭拜抗日英魂，阿

溪中採石山洪暴發被困

大內發生慘禍

—廿三工人僅七人獲救脫險　五人身死十一人下落不明—

中華民國五十年七月三十一日《中央日報》第三版。

嬤相信祢也在這裡，她拜祢達四十幾年久——萬應公象徵早年臺灣先民爭水械鬥血淚史，遂讓我明白祢也是拓墾之一族，盧克彰、林友新也是；我在祢的死亡當中讀出臺灣人破荒之精神：憨直、傻勁、古意；我也正在文學領土上耙土、犁田，祢撿拾石頭度日，我挑選文字爬稿子——少年若無死一遍，哪有路邊萬應公——英烈兩字銘刻祢捨命救人的事蹟，祢是二十七歲枉死曾文溪的少年魂。

通過書寫，砥礪我心志、耗損我精神、上窮碧落尋找關乎祢的材料，我才能重新指認祢，寫祢認祢、喊祢爺爺祖父阿公都好……

虛構祢並不應該，寫祢如此痛苦，才能感受午夜翻滾洪水中祢為漂浮木圍困，從溺斃到斷氣；從肺腔為大水灌注、直至沖垮了五臟六腑。

祢失溫、失去方向感，在暗夜中鎖喉窒息，意識發白、大腦缺氧送命前祢是想起了誰？

二爺爺說：「好囉，來轉。」

走出英烈小祠，阿嬤火掉冥紙，旺旺仙貝、孔雀餅乾就留在英烈小祠。

我喊楊德三阿公。

我的阿公是孤魂野鬼。

## 寫生男孩新鄉土

當我的微卷機器經過了阿公的死訊，下一幕緩慢推移到了民國五十二年，好巧的盧克彰「墾拓散記」專欄適時一篇篇浮現了出來：〈祈雨〉、〈蝸牛〉、〈火種〉……跟讀盧克彰「東部拓殖」故事〈母雞〉、〈入山〉、〈溫情〉。漸漸我想起大哥的一幅彩色筆寫生。畫名是什麼？畫名與今日農業縣各個鄉鎮路口還能見的地標紀念碑一樣，它叫做「吾愛吾鄉」。

畫作出處係中華民國八十一年度臺南縣大內鄉農會農村文化建設四健教育活動成果展示**四健**國小中年級組彩繪第三名，得獎者叫做楊富雄。

「四健」的概念是什麼？——健全的頭腦、健全的心胸、健全的雙手、健全的身體，起源於美國的四健會，一九五〇年代通過農復會引入了臺灣，意在鏈結農村青年加入土地改造新運動，其中是否就有林友新、楊德三，以及我那念曾文農工的父親與小叔呢？農業子弟江湖老，林友新說：農業永遠不會過去！

當年十歲的大哥無意闖入四健會隊伍，替我擘劃出解嚴後臺灣農村孩童心靈圖像，構圖質素向我諭示一條通向故鄉田埂路：山、斗笠、果子樹……得獎畫作遂也成為我小學六年來美術課最佳範本——

一間紅燒屋瓦的屋舍，似乎住著人，從前我以為那算家，現在眼光來看，想它農舍即可。

生著狀似酪梨的纍纍蘋果，靈感大概來自APPLE，我們家什麼都種了，就是沒APPLE，我也很愛畫APPLE。

團團山丘比例失衡，狂舞中的蕉樹卻結了四五顆椰子，身世不明大鳥如外星人飛行器，令人想起南鯤鯓的洪通；我也喜歡畫山，家鄉畢竟不靠海，我畫的山還有高壓電線纜，不靠海我也常畫兩三隻海鷗，以黑色幾筆描眉般帶過。

分不清日出日落的太陽是我們兄弟倆相似的角度，至少農村溫度不至於過熱，我不怕熱，可在田裡噴農藥中毒中暑的長輩，可從來沒少過哩！

大哥曠世畫作後來遺忘在三樓倉庫，差點被母親送去資源回收，比起繪畫，他更傾心於中華職棒，鄰居都勸說父親該把大哥送到善化國小好好栽培。

這個春天，我將它搶救出來，拭去畫作塵埃、翻拍、並小心翼翼將它懸掛展示，距離上次公開展覽已二十年過去——

大哥小學生畫作，題名「吾愛吾鄉」，是我心中的農村樂，他筆下脫褲尿尿的男童正是我。

二十年前展覽地點就在大內國中，記得父母親牽著我一起來見證這份屬於大哥的榮耀，母親卻不斷脫隊去品評那僅只入選的拙劣塗鴉：什麼豬圈、菜園、鄉公所的……準備上國中的大哥因補習美語不克前來，父親則不停稱讚那首獎，畫的正是我們庄頭廟朝天宮，父親用字正腔圓國語說栩栩如生、香火鼎盛；我則看中了一幅養鴨人家，當時具體對照的池子，約莫也在曾文溪二重溪大橋附近，那裡埤塘無數，鵝鴨亦無數，我想自己是被那池水深深吸引，鄉下埤塘定是孩童禁足之處。

我們三人最後才晃到了大哥畫作，有一絲驕傲也埋進了土裡頭，突然現場一位衛星打轉般的老阿伯偎了過來，一看正是同父親熟識的評審，說：「哎呀、楊先生你好，恭喜恭喜啊，你兒子這畫少了點什麼，不然大家都挺喜歡，差點第一名了！」

濃重外省口音，立刻引來現場觀展數十鄉民，我看著大家對大哥巨作比手畫腳、聚集，心頭感覺奇怪，像數落我們一家、還當起應聲蟲說：「對啊，到底是少了什麼？」

父親說大概少了墓仔吧，臺灣莊稼人死後埋在耕了一輩子的田。我想起曾祖父就埋在芒果園；曾祖母葬在酪梨園；阿公楊德三撿骨後二葬在家族墳場，背後有棵百年龍眼樹；母親接著說，我感覺少了瓶瓶罐罐農藥啦，年年春與巴拉松啊，我們家附近這麼多農藥行：「富雄怎麼沒給它畫下來，傷腦筋喔——」

我小蜥蜴般咻進了人垛，同時發現大家還忙著品論畫作中的饅頭山巒、孤枝尷尬的太陽花、其中那位在屋邊樹前小便的孩童引起大家訕笑，母親極羞赧：「唉呦、連放尿攏畫出來，笑死人。」

我的直覺告訴我，大哥筆下肆無忌憚、恣意脫褲小便的男童就是我。

這麼聯想，我突然明白了那泡尿之於畫作重要性不惟戲耍、搞怪、惡作劇，那遙遙隱喻臺灣多少農村，一如林友新所說——我們是缺水區域。

二十年過後，當我凝視小學生畫作，答案它自己浮現了出來。

是的，少了點什麼呢？大哥少畫了一條曾文溪。

大哥和我確實共享過曾文溪記憶，多少年後我也才驚覺，眼前農村圖像源頭也來自二爺爺——二爺爺才是大地主，沿曾文溪畫大弧盡是他的小黃瓜田：一甲地、兩甲地、三甲地……遂明白是二爺爺讓我見識什麼叫機械化耕作，他擁有兩臺青果機、三架噴霧機、四座鋁製大水塔，農業全部電動化。

該怎麼說，我家縱然十多塊畸零地，阿嬤一人照顧不來，阿嬤甚至長時間被載去協耕二爺爺的田，為此不得家人諒解，父親小叔離了祖產當起做工仔人。

說是畸零地，倒不如也說是爛土與壞田，好幾塊隸屬祭祀公業，分瓜賣錢都無法。

大哥不小心把二爺爺的田地畫了下來，是祖孫隱喻、是情感證據了。

證據著二爺爺曾任職吾鄉酪梨班班長，從小我們兄弟便隨他率隊北上參觀各式有機肥料廠。二爺爺乃吾鄉農業代理人，移植、育種、注射專長兼備。我無法忘記他調配農藥專注神情，他替芭樂穿果衣、剪萎枝、徒手抓起一隻飯匙倩的勇態；他常開著鐵牛仔在家長接送區等候我；天要落雨就趕緊收耕，斗笠頂著跑步替大哥送雨傘……

我們都是二爺爺帶大的。

不錯，那開貨車的正是二爺爺那頭的大兒子，加長型貨車是吾鄉第一臺，走在狹窄村路，忍不住就替他緊張起來。

大哥畫下既親且疏農村寫生圖，一如我們後來與二爺爺想見又怕見。

大哥未來將與我平分祖產。
大哥畫下別人家的田，把外人當了自己人，卻忘了畫下離家不遠、老老實實那條曾文溪，怎麼是寫生呢？
因曾文溪溺了無數大內國小學童，曾文溪也溺了真正的阿公，還是降水遲遲不來，所以曾文溪一整條它不見了——
不如讓我重新將它寫下去——
不如讓我期待春天吃蓮霧、夏天吃大西瓜、秋天吃文旦柚、冬天吃蜜棗吧……
讓我種出來！

## 《續曾文溪之戀》

到現在仍下意識跳開有關八八水災的情節，那個夏天我正準備上臺北讀臺文所，只記得狂風暴雨連下二十幾個小時，原本預定的墾丁旅遊已泡湯，父親偷跑去參加建醮酒會，被車回家，醉暈爛在客廳沙發上，其時晚間九點，電視紛紛傳來最新災情：六龜、寶來溫泉重創、甲仙橋下已無數屍首，屏東數十鄉鎮汪洋一片，我們家三樓神明廳則被暴雨灌入，水淹及膝，誰料災情竟從樓頂而來！隔著緊急封死的落地窗，我看見住家附近一幢幢半掀舞開的鐵皮屋頂，轟隆隆招手救命似地，像隨時會連屋拔飛而起、落地、割傷、壓傷路過無數逃難騎士；襯著高壓電筒爆炸聲響，十二點先是跳電、再復電、又跳電、最後是長達七天七夜的斷水斷電、鄉公所方向發出空襲警報，一整夜天空持續播送著——曾文水庫即將洩洪，低窪居民請注意——

那也是颱風夜唯一的人聲，一名女子穩健冷靜的口吻幽靈似徘徊在曾文溪沿岸村落，這是戰爭，水勢不斷上升——

八八節醉倒的父親就讓他睡一樓、母親膽小決定跟我在二樓打起地鋪，連同大哥三人睡一起，三樓積水勉強控制了，門窗快速鎖死，伴著一句句「曾文水庫即將洩洪，低窪居民請注意」，我們在懼怖中顫睡而去，我們被不明颱風動態恐嚇著——

四點鐘大哥手機響起，是住低窪的高職同學打來，說水淹到二層樓了。

我家因地勢偏高，除非曾文水庫遭轟炸，是不可能淹水的——

床上躺著，腦袋浮出幾個場景——

水庫洩洪，半夜緊急停電，風雨未曾歇止，一切盡在午夜發生。那沿曾文溪低窪地區，住著平日行動不便、坐輪椅的阿公阿嬤們如何逃命呢？

又或者獨居我家文旦園附近的組合屋阿婆，那處鄰近排水大溝，雨勢如此猛烈，鐵定淹掉了，她來得及撤走？

再也無法入睡，立刻下樓，開鐵門，騎樓外、柏油路面早停滿來自淹水區域的小客車，產業道路成了停車場，軍用卡車業一輛輛駛來，我相信國軍弟兄大概很快趕到了——

焦慮、無法介入、只好亮起騎樓摩托車大燈，給予雨中災民一線照明——

八八水災一夜喚醒多少臺灣青年的心，幾乎每天流淚看完東森中天三立民視各家新聞，不錯過任何一條賑災訊息，當災民被空警隊救起，我跟著母親一起感佩、流淚，印尼姊姊也加入發送便當的行伍，擔任義消的父親乘上救生艇航向成了水道的故鄉：紅綠燈觸手可及、四處浮著沙發、床燈、腳踏車，白鵝游過全家便利商店，鴨群歇在加油站火炬標誌邊，像在拍賣薑母鴨；那來不及開走的轎車顛倒卡在透天厝二樓，碎形的家庭在水中載沉。大水讓縣市失去分界，上游楠西的漂流木、南化的電線桿、玉井的路標都流到了大內，讓人懷疑當年曾文水庫底大埔村，是否也隨大水滾滾出土了。

山河在我心中變色，消失農作物，消失曾文小溪。臺灣面目全非，從未有過這麼瞬間，臺灣同時在我心中如此清晰、深刻——臺灣像我的心臟，土石流是我的血液，臺灣滿目瘡痍，我的心就跟著滿目瘡痍。

林友新說他要留在楠西。

趕緊約幾個暑假歸鄉老同學在緊急救難中心碰頭，說是擔任志工，一來害怕礙了事，一來也想多做點什麼——

發送物資，整理堆疊一整間教室的泡麵、餅乾、礦泉水。

一個小學隔壁班的男同學說在家等當兵。

一個大我幾屆資優學姊正在臺南市實習。

一個白布屍體突然扛入露腳平躺在穿堂。

一個唇紫臉青九十歲老阿嬤安置校長室。

緊急中心亦是權力中心，不注意就會聽到新進的死訊：一個、兩個、三個，因為不能不聽，事情被這樣轉述出來——

「水本來只到腳踝，阿公因為中風住一樓，八十幾公斤重啊，相依為命的阿嬤拖不動，又不能丟下老伴，眼見水勢越來越高，阿嬤一路哭著爬著丟下了阿公往二樓逃去，大水立刻沖進客廳了！」

「一間組合屋不知道叨位飄來的，驚死人喔，消防隊水中辨識了門牌號碼，判斷屋址應該在村外文旦園方向，遊艇趕緊往文旦園駛近，果然發現一名阿婆卡在文旦樹上……」

「曾文水庫再度洩洪，下游善化、安定、麻豆沿岸居民請注意。」

……………

# 桌遊故鄉：小診所

我正躺在診所內間打點滴，五坪不到的點滴室，平排著六張木病床，一張用來堆棉被，病床配以皮質黑色床墊，一顆很硬的竹編小枕，生鏽的七八座點滴架好委屈似挨擠著——

我的右邊躺著一名大概七十五的阿公在打呼，戴著帽子打點滴，帽眼寫蘇煥智後援會，方才他對我說了十分鐘，說他有個孫子念高雄醫學院，和我一樣都讀黎明中學；我的左邊是一名七十歲的阿婆，我認得她，她住在我家斜對面，三不五時會來診所吊大筒，把打點滴當健身運動，時間太多了嗎，盯著天花板我想著。

鄉鎮小診所泰半由外地醫生來開業，房子自然是租賃的，所謂的點滴室不過就是一間廚房，看那流理檯、抽油煙機遺跡都還在，上頭堆疊棉花棒盒、針筒盒、大大小小的空盒，白衣護士偶爾走進來洗手。

我讀國中時，天天都在編織各種理由裝病：腸胃炎、偏頭痛、心跳太快喘不過來，為了銷假我必須看醫生，通常還要求打一支點滴，心態類似躺在我身邊那阿公阿婆，交換時間換取體力，慢慢滴、慢慢地滴滴滴……我前方哀號半天呼叫護士的嬸婆（她早上在市場賣龍鬚菜）、以及剛剛吃力下床、勾不到拖鞋的伯公仔都是這樣慢慢滴過來——稱之為慢活人生。

點滴時間我聽他們五四三、他們口述史，像替我補上臺灣歷史課，那比教科書趣味多了。我是他們臨時的孫子，努力回答他們提問、想像，因聽力退化得大聲說。

點滴室有人對我拋出天問——啊，你是誰人孫仔？

阿嬤小名桂花，曾祖母都喚她桂花，大聲我喊是桂花孫仔。

桂花喔——大家突然沉默下來。

我聞到瀰漫的藥水味，此地不宜久留，趕快往前走。

診所的走道都促狹，一旁迷你打針室的格局很討喜，長寬就像路邊提款機。曾經我是怕打針、抽血的孩子，國小時為了躲預防針差點踢飛衛生所老護士，明明她說不會痛的！

診所的走道通常也貼醫訊海報。老人保險：圖示以名人推著坐輪椅的病患；免費健檢：圖示以巨大針筒合成全民健保小綠人，那小綠人多年來我都覺得很像ＭＳＮ。

誰願意駐足在病的海報牆前？一如暗示有天你總需要它——洗腎快訊、腸胃鏡、驗血驗尿驗糞便，種種篩檢……

海報牆邊的看診室極隱密，那我不進去了，看診記憶近乎於無，只想起醫生批病歷的速度很快，那還是手寫的年代，迴紋針夾著我過去幾年的疾病史發育史，有一回醫生問我：「還流鼻血嗎？」那國小三年級的事了，我業已十五歲。

執照醫生學經歷就掛在診所入口，那裡也有臺飲水機方便服藥、慶祝開業誌喜的金桔盆景，過期雜誌與當日報紙，然後就是掛號櫃檯。

有一年，我陪著阿嬤來掛號，忘了帶健保卡，櫃檯小窗內護士好兇地說：「妳叫什麼名？」初次我看見阿嬤向世界介紹她自己——我叫做林蘭。護士執筆搔頭問她：「安怎寫？」眼前阿嬤困窘地凌空手指比畫，隱身在她身邊的我突然踮起腳尖，像冒失鬼吼著：「林旺的林，馬蘭的蘭啦。」護士嚇了一跳，阿嬤當年身形確實粗勇如大象呢！

診所空間最吸引我的是落地病歷牆，在尚未電腦作業的年代，分類索引以姓氏張、葉、陳、李、黃，病的姓名學。我的故鄉有百分之八十姓楊，楊氏病歷佔據十幾格。

病歷牆儲藏開業十多年來，一地居民的疾病史料。我想像人類學家都該去診所蹲點，我猜測裡頭多數病歷再也毋需調閱——沒有病歷寫的是死訊，病歷文字遂是尋求復活的語言。

現在我就站在診所門口，一輛興南客運停了下來，為了方便內山居民看診，診所已成另類站牌，我忍不住想跟公車司機行禮。

都說進醫院最怕有去無回，書寫診所遂讓我決定由內往外——為此書寫便與祈福無異。

我書寫一鄉鎮之疾病，同時書寫一鄉鎮之健康。

# 桌遊故鄉：嬰兒墳場

初來國姓湖已是十五年前的事，彼時我正列隊一支孩子葬孩子的行伍。

國姓湖是家鄉公共墳場，流傳鄭氏曾帶兵屯墾的說詞。實則臺灣島上遍佈鄭成功大小認識：國姓湖、國姓廟、國母山……我對鄭成功沒興趣，我要述說的是關乎早夭嬰兒、老佃農，以及嬰兒墳場的故事。

記得行伍到了嬰兒墳場，拎著一枝菊花，輩分最小的我緊抓不知哪名親戚的衣袖，不敢妄動，鑼鼓聲方歇，等待落壙的時辰，眼見一名老佃農四處走著，據說他也是我們的親戚，叫楊世，知道家族出了這樁意外，提供了塊地要給無緣的外甥女，楊世平日就住墳邊的水泥農舍，種些菜什度日子，所以嬰兒墳場也是一座菜園——他是園長，顧著三四十隻來不及長大的男娃女娃，這裡也是一間幼稚園。

環顧嬰兒墳場就三表姊墳身最完整，迷你墓，造了靠山、築了手拱，阿丈且替她砌了座小土地公廟，免得與人搶香火，三表姊墳邊密密麻麻小土丘，好多連墓碑都沒的無名墳，三表姊還鑲一張大臉照片，貌似電影《龍貓》的小妹，這裡葬的都是早夭嬰兒：

腦瘤、滑胎、營養不良、排水溝棄嬰、烏青受虐兒……

冬瓜退火啦——老佃農笑說自種的，記得襯著嗩吶聲他忙著倒涼水，藍天南風動著，天氣挺舒適，我望著攀在農舍牆面那苦瓜菜瓜花，墓園地上神經錯亂般爬著冬瓜藤，藤牽著藤啊，生出一粒粒皮色發青滲白的肥美冬瓜，看起來就像臍帶未斷的猝死娃。兩名扛棺師仔牛飲老佃農熬煮的冬瓜露，喝太快、嗆到了。日頭光打在我的腦葉層，明明是愉快的夏季長假，三表姊卻在旗津海邊戲水避暑溺了。

我喜歡喝冬瓜露。我喜歡親切的老佃農。

多年來老佃農栽菜、顧墳兼修墳，我想像他園內走路都曲曲折折，只因地下也有人。老佃農的孫子都在臺南市讀書，兒子偶爾接他至友愛街短住，他身體勇健，喪妻十年。

今年清明節車過嬰兒墳場，農舍安在，貼了春聯，如果是老佃農也一百多歲了，但我相信他早不在——

他的農舍就是他的墓穴。

離了嬰兒墳場，其實是一山又一山的墓仔埔，這兒埋著家鄉三四百年來的先人，每年清明，光在國姓湖我家就得培掉七座墳，印象最深刻是座昭和古墳，得行過一條無名水溝，溝挺寬，臨時便橋是用撿骨挖出的棺蓋架建的，那墓碑上沒半個名字認得——誰說是祖先，就是祖先了。

墳場缺乏規劃，臺灣各地都一樣。有時鄉公所會在清明前夕放把火燒山，火熄了讓掩滅叢草的墳垛，如菇冒如花開，一朵朵在臭焦味灰燼堆露了出來，培墓時墳頭常是燙的，像新喪——

我對墳墓懷有好感，我家就有個家族墓場，大學那年，我在那翻出佔地百坪的官墓，憑藉單薄歷史知識，斷定爛在墓穴的是我家開臺祖，我覺得他在召喚我，要我趕快寫下來——

一山山墓仔埔，隱約有一高牆長城似圈守著，這裡也是營區呢。每逢懇親季節路邊盡是流動攤販，我常老遠騎變速腳踏車來買最愛的土窯雞，營區墳區混搭的國姓湖地理課，再寫下去就是鬼故事了。

我對鬼故事沒有興趣，倒是墳墓周圍偶爾撿到脫落的彈殼，父親叔叔都說。營區阿兵哥也到我家附近陽春麵店與泡沫紅茶亭，原來故鄉從古至今都駐紮著至少一支部隊呢。

我在離營區五公里遠外的房間內盹著，打靶聲如硬幣擲入許願池，靶聲槍聲是響在心中的水聲，這裡曾經是一座湖——

手榴彈擲著，墳塋的貝比地下彈跳著，地上冬瓜逃命似爬著。

# 古厝男孩，以及他的小黑貓

大內楊家祠堂烏磚多、石條多、青斗石多，燕尾形的翹脊、旗桿夾、明經匾，充分顯現清代初期官宦富家的典範，可惜第二落不知何故拆除、第三落又因地震倒塌，僅剩的第一落又因缺乏整理顯得老舊……

——一九九七年《南瀛古厝誌》

當年大內鄉頭社是平埔西拉雅族聚居大本營，大內村則是漢人聚居之地，兩族以山坡地為界，楊家是漢人的地方望族舉足輕重，後來兩族不斷融合，楊家後代子孫希望保有這座具有指標意義的老厝……

——二〇〇七年九月一日《中國時報》

ㄜ、這書上報上寫的，不正是我家十點鐘方向那間兩百年古厝？

近十數年許因臺灣認識的提出，各地文化局開始系統性重新建構區域史，什麼大家來寫村史、老照片的故事、一鄉鎮一物產……我躬逢盛事，恰恰長成於一不斷解釋臺灣的九〇年代：古厝、老街、廟宇、河川、山岳……國中時期，我在大內鄉迷你圖書館借出一整套外型如紅磚的《南瀛文獻叢書》，我猜想全鄉一萬村民大概也只有我在借，回家讀至忘記天日、靈魂出竅，還當成工具書一一實地勘察。我對於探索腳下每方寸土地之典故有難以言說的狂熱，我從文史工作者筆下接收關於臺灣的知識：地名的、作物的、祭祀的，興奮幾乎窒息，不到幾個月整套書系被我消磨殆盡，我的「臺灣」閱讀史，想來就是我的心靈養成史。

岔出文化誌、墾拓誌路樹，更早我便知道以楊家古厝為核心，方圓一兩公里內全是我的楊氏族裔。阿嬤公祭那天，司儀如此替阿嬤一生開場：「林老夫人出生在咱曲溪村口庄一戶散赤人家，後來嫁至大內祠堂內，楊家是咱大內的望族，也是咱楊家厝邊隔壁攏敬重个好媳婦。」告別式現場我四處張望，緊張的騎樓，挨擠至少一兩百人，我無法將大家族與阿嬤一生作連結，但場子浩大、熱絡已述說阿嬤生前低調、不計較的為人，今世我是難以企及。

關於我那（不存在的）大家族祖先、據說係來自「福建省漳州府龍溪縣烘頭社」，至大內開墾最早在乾隆年間，發跡一說是考取功名致富，也說是經商有成、而有建今日立於村路巷內的楊家大古厝。上述種種說法其實我都不喜歡，再有一講言及楊家因一條曾文溪河運帶來財富：商業與貿易、輸入與輸出……楊家也因一條曾文溪乾涸、河道淤塞，船隻難以停泊而家道中落，一條溪成全一家族，這說法很吸引我——只因我向來偏愛河岸與海邊與港口與沙洲之書寫，多過海洋的書寫。很難想像早年舟楫得以航至更深山的玉井，關於那改道頻仍、有青暝蛇之稱的曾文溪，曾文溪改道史不啻是臺南災難史。曾文溪一九六一年也帶走楊家古厝附近七八條人命，楊姓亡靈不計其數，其中就有我的祖父，如不是山區午後大雨，先響雷、後滾滾砂石來至中游大內，故事至此打住不必寫。

我手邊還有一本《朝天宮廟誌》，是新建庄頭廟的相關出版品，部分內容也涉及在地沿革，對於大廟不遠處的楊家古厝亦有詳實考究。我對古厝建築用材與細緻雕刻沒有概念，對古厝原初幾百落幾十進的想像也頗低能，歷經一九六四年白河、一九九九年集集地震後僅存的院落結構，我接受它現在老老實實的樣子。我讀國中每天在三樓後陽臺發呆，看後山丘陵地形、高壓電塔和不知名鳥群，眼底盡是一片三合院聚落：楊家古厝、我家的古厝、楊雲祥故居、楊家公廳……那是畫在我心底的風俗畫——細節的、瑣碎的、感官的、人情世故的，近至每一盞神明廳大紅燈都足以撩撥我的愁緒。我喜歡齊整光亮的公媽廳，素果與清茶，天公爐與三炷淡香，隱隱約約的日照，連祖先肖像畫都看成藝術品。

很少走到古厝，對古厝、大廟下意識逃避、所謂紀念館才是最古的建築。臺灣無數古厝史即是無數致富史，它們都能登上財經雜誌，告訴你「有錢人曾默默在做的幾件事」。然更多古厝破敗寥落一如我家、它壞很久了——現在搭乘大臺南公車橘幹線，過了大內站牌不遠處即可抵達楊家古厝——當我年幼，這裡養放露天火雞數十隻，滿地鵝糞與鴨糞與雞糞，充滿吉慶意象的造型地磚上是一公共晒衣場，附近零星植有一芒果樹與一破布籽樹，一旗桿最能標誌曾有過科舉功名，我不在意。

漸漸地，還體認到家族發跡說法皆差異不遠，敘事模式陷入一僵局。在民間文學範疇，每一家族都有一吸鴉片而廢家產敗家子；也有那富甲一方、田產遍及南部七縣市綺麗敘事；還有那惹怒風水師，因而敗地理一夕家道中落的傳言。我家古厝的傳說框限在上述種種公式……我需要鍛鍊想像力，我得努力找尋新說法。

臺灣廟宇則多捐獻，最喜全家名姓雕刻且燙金嵌在耕讀漁樵作品，龍柱、神龕、一磚一瓦皆有人認養，誇張的紋路、繁複的修辭，廟越大我越害怕，讓我想起炫富一詞來。我還是喜歡在鄉間偶遇一小廟，終年有無名農夫自願前來打掃，無懸掛神蹟顯赫相關牌匾、亦無祭祀管理委員會，就只是靜靜處在一山腳一平原等待，等待一名十幾歲南國大男孩，騎變速腳踏車因之召喚而來。

去年因學術交流，初踏福建土地，從不怕熱的我嚴重曬傷、脫皮好幾個禮拜，還罹患熱感冒。記得走在開發中的漳州市區，一心拚命找尋遮陽的騎樓，白花花太陽下很難想像幾百年前曾有一支楊姓隊伍自此開拔，渡海、溯曾文溪而上最後落腳臺南縣山區，幾百年後當我仔細聆聽當地居民口音，交談其實並無困難，記憶錯亂如回到臺南；也去福州省圖，嘴上說翻族譜，實則一點概念都無，我像練習數學題換算年代，勉勉強強調出幾本約略相近的族譜，族譜如天書，現今回想只剩大量的、免費的圖書館冷氣，為我消緩都過了一年仍殘留體內的福州高溫。

楊家古厝，在地人口中「祠堂內」，我就是「祠堂內」衝出的第十代。最近大臺南公車通行了，古厝老老實實蓋在「橘幹線大內站」不遠處，你會不會來？

這幾年，隨著社區發展概念引進，以及鄉鎮單車風潮，我常在鄉間騎車與無數外星人裝扮單車客並行、常在網路上看見單車客來到楊家古厝發佈的貼文，連帶周邊地景攝影，有次我發現暱稱小冰的網友在部落格上傳好幾張關於老灶、謝籃、菜櫥等古董藝品的照片，其中一張特寫了好幾座醃筍真空塑膠桶，還補充說明真是農村好滋味……我嚇了一跳，那地點不是我家後壁溝仔的私人倉庫嗎？

這幾年，回家小住的日子，阿嬤在家即推她四處遊賞百花、阿嬤不在家我即驅車繞山路至頭社部落看她。更多時候，我緊牽兩個小妹在楊家古厝、沿烏磚牆散步，我又該如何告訴她——這外婆家分明離祖籍地福建一省之隔的半中半臺小妹妹，那神主牌上書的、是我們「海那邊」的先人呢？

但我想告訴自己、去看古厝吧！在我眼前有數十張神主牌東西歪躺如骨牌遊戲、幾次我忍不住想要伸手將它扶正卻適時收了手。我常見一橘子花貓春心蕩漾臥睡供桌，我懷疑牠已經把香爐當成貓砂，我懷疑牠住很久了。

沉甸甸古厝讓人喘不過氣，它的破敗是一種隱喻，古厝翻修一如說法必須翻新，大內平埔族移動原因與漢人入墾有關，古厝建築為此成為漢埔爭地漢人勝利的證據，而我就是當年逼退西拉雅人、地主漢人的後裔。

崩毀的古厝，同時讓人心生罪惡——這是一將死的空間，特別相關古厝報導總提到後代乏人管理、開枝散葉云云，我也是後代，我的祖先留我一荒廢老厝，火雞群白鵝群早已不在，目前它偶爾是鄉內教育單位戶外教學景點，亦是資源回收、廢棄物堆疊之場地，文物旗桿拿來搭建曬衣架，上面飄飄然了幾件男子汗衫。

我也可以只是來看貓啊、富閔你別有壓力。這一帶流浪貓隻無數，大多由附近民宅餵養，除了橘子貓、乳牛貓、虎斑貓、玳瑁貓，這裡亦是貓咪露天瑜伽場，就是缺一隻黑貓。

我喜歡黑貓，宮崎駿動畫黑貓、西藥房賣的「傷風友」黑貓商標、黑貓牌蚊香。我房間後陽臺曾正對一座三合院護龍，我初上黎明中學一年級，夏季芒果色黃昏落在紅屋瓦，我記得屋簷尾端住過一黑貓家族，一大一小，日日沿屋脊如走臺步向我喵喵而來，彷彿很多話對我述說——

說什麼呢?喜歡黑貓，只有黑貓能把大地當紙稿，牠能將身體睡成各種標點符號：!、?、:、……這也是文字的表情，我的心情。

我終於看見黑貓——原來你在這裡!一大一小，牠們浮印於一平面紙箱，讓人忍不住笑。宅急便黑貓天天南北二路跑透透，深入臺灣三百一十九鄉鎮，讓我想起寫作是一種走入人群。

寫作是一種使命必達。

# 春天哪會這呢寒——（不）在赤山龍湖巖

那年農曆春節雨季特別漫長，二九暝剛到雨便落袂停，眼看整個新正假期就要浸泡在寒氣逼人的凍雨裡，我裹著羽絨衣，心頭擱著一樁未了的心緒。年初二，母親返娘家去了，留父親與我在大內餾著圍爐的火鍋，參著過夜沙茶醬配國道車況與國運籤新聞當中餐。父親年初二不陪母親回娘家的習慣已許多年，都稱自己是老女婿，而我則是懼怕娘家的飯局，總在外婆怨訴大小舅如何刀磨她的心，附加大姨與母親加油添醋，惹得外公與一票子孫胃口全無，最後紅包收著趕緊逃離現場。反節慶時序，那年我不過初二，遂向父親提議：「不然去巖仔拜拜好了？」父親為我的發問遲愣了一會，我說：「過幾天不就清水祖師千秋？我們很久沒去巖仔了。」約是訝異我竟記得年初六是清水祖師聖誕，而我們也確實很多年沒有去巖仔了。

「巖仔」、我們都喊它「巖仔」，像舊識不喚它本名「赤山龍湖巖」。若你在網路鍵入龍湖巖詞條，會跳出百來個網頁告訴你這是座三百年古剎，據說明鄭時期陳永華巡視來到今日的六甲鄉龍山村，驚嘆此地可謂「龍蝦出港」好風水好地理，遂建廟治理；

或什麼從中國南海普陀山隨海水漂來一塊貌似觀音的青石，鄉人鑿雕以觀音神像，復立廟祀之。我還聽說，從前南鯤鯓代天府的王爺兄們與囝仔仙在鹽分地帶爭奪廟地，談不攏，大欺小，還特請龍湖巖的觀音媽出面來調停哩。

一座廟的故事，往往牽連一地開發史，它與土地與水源與聚落生成尤其相關。

一座廟的傳說系統越枝蔓，更凸顯該廟分量。從廟點散而出在南臺灣、甚至在全島各地的信仰網絡，畢竟也羅織多少善男信女的心事。

我的巖仔心事與觀音媽無關，與清水祖師較有關。

九○年代，我的故鄉臺南大內有間鐵皮屋造型的清水宮，私人小神壇，俗稱「私佛仔」，香火更勝庄頭廟朝天宮，以槓出六合彩七星連莊聞名，主祀泉州安溪的高僧陳昭應，正是臺灣各地名為清水宮、清水寺、清水巖供奉的清水祖師原名，我們都愛喚它祖師爺、祖師公。父親四歲喪父，成長過程母愛太少、又缺乏父愛，造就他終生優柔寡斷的性地，他是個不容易下決定的男人。許是年少時代便樂於參與宮廟事，在鑼鼓聲中找到成就感，比方他在宋江陣負責執頭旗，廟會時領著三十六位在地壯丁護衛庄頭，表演巡城、開四門、排八卦。八○年代尾，他同鄉內一群二十來歲狂熱少年家開始追隨清水祖師，為此學會執小轎寫鸞書、扛大轎練腳步、祖師爺降駕時，他能在灑滿厚厚一層香灰的神案前，伏首認字，領悟天機。父親如視清水祖師為再世老父，當過好幾任爐主，每每清水祖師遶境隊伍行經我家門口時，還得踩個陣式，父親總樂地說嘴好一陣子，只因連神都給他面子。當我年幼，父親日日同我述說清水祖師如何行醫救人的故事，我可說是在清水宮有事看乩童操五寶、沒事爬八仙桌細視祖師爺烏黑色澤的五官、呼吸檀香如純氧、牛飲素茶當白開水長大的孩子。

這是我與父親與清水祖師在清水宮的事。

然早前清水宮固定年初六進香龍湖巖，我們家族隊伍：母親、老兄與我，習慣雇走車的財福伯一同去朝聖。凌晨四五點等在外環道路排隊出發，每臺車得貼超大阿拉伯數字當號碼牌，通常一號是開路鼓走最前，再來是車大神轎的托運貨車，父親和祖師爺坐騎搭同車，若那年香油錢多，有請八家將、跳鼓陣與踩高蹺陣頭，便也各自一臺車，像我們這種純粹跟團拿香的觀光客往往排在最後頭，大概都三十幾號了，浩浩蕩蕩車隊一公里跑不掉，天未亮便在鞭炮聲歡送中，大燈開著出大內、走省道，到巖仔，半小時車程就會抵赤山龍湖巖的香客停車場，那時天頂也開始轉亮。

我對進香儀式沒有想法，不喜跟眾子弟搖黑令旗請神入座的戲碼，扯著喉嚨海喊著進喔、進喔。我在龍湖巖的記憶是和老兄對明鏡般的大湖打水漂，那湖型恍如祖師爺的珠滴，貪看湖光山色，赤山龍湖巖是我生命中的第一座公園，我在那兒學會欣賞臺南丘陵地勢之美。或脫隊跑去廟邊賣金銀紙的攤位，隔著玻璃櫃蹲挑佛珠與手鍊，我記得母親曾替我買了條葫蘆造型的千手觀音項鍊，帶在頸項保庇長大幾落年；再乾脆跑到停車場上的電子花車爬高爬下，幾次都吵醒方才扭腰擺臀唱臺語歌的阿姨仔。父親領我初訪巖仔，但我記得的，鐵定都是父親不在場的：那是我記憶中最後一次在初六同清水宮來參拜巖仔，也是天濛亮、年節氣息仍存，且落著毛毛雨的時陣。空氣清新是龍湖巖的特色，母親牽著我的手來到離廟身有段距離的便所，襯著廟宇廣播「歡迎大內鄉清水宮」的迎詞當背景，母親和我約在早晨露珠尚未消散的仙丹花圃前便逕自去了女用廁所，我轉身進入男用廁所，立即撞見一身縞衣也在便溺的八家將白無常——我素來害怕八家將，小時候幾度被廟會中血流滿面的家將嚇哭軟腳在路邊，那回竟敢與白無常相視於尿騷味頗重的公用廁所，耳際是抽風機聲轟轟作響。我和白無常各自認領一座小便斗即站挺了身姿，我能清楚聽見白無常鬆解褲頭時，不小心牽動開襟上衣的鈴鐺掛飾而鈴鈴聲不斷，也能聽見白無常尿尿的清音，我且忍不住偷看他臉譜下異常放鬆的臉，那走樣的朱紅紋路與過長的墨黑曲線，讓白無常的臉竟像一張不規則等高線地形圖，「神情」竟如是。可我究竟是緊張了，看著白無常若無其事行出廁所，我小便也忘了，跟著跑去和白無常一起彎腰照鏡子，用同塊肥皂洗手。

這是清水祖師與父親都不會知道的事，屬於我自己的巖仔心事。

遂才會有那麼一天，我和父親踩冬雨來到年初二的赤山龍湖巖，各自撐傘步入廟身，廟前有兩團布袋戲在雨中扮仙，灑落無數糖果零錢，幾個小孩撐傘在爭撿。那天香客並不多，我和父親在巖仔廟邊辦公室等香過，又走繞到後殿，他同時向我述說巖仔住著許多修行人，我才想起這裡畢竟主祀觀音嬤，不是我懷想的祖師公。我像是見了遠方陽臺有著僧衣的男子走動著，凝聽殿宇內不停送來的佛樂，心底有個區塊，正在隱隱騷動。

九〇年代末期，六合彩在鄉間退燒，運動彩券正崛起，我們清水宮祖師爺屢屢失靈，信徒煙散而去，據說還被請去粉面，一夕之間烏面祖師成了紅面祖師，神威卻大不如前。我還聽聞祖師爺已不在清水宮、回天庭去了。作為祖師爺頭號粉絲的父親，他私有一份與清水祖師的記憶，那些初六為了祖師爺聖誕千秋的事：遶境路線、陣頭聘請、請水河域、過火場地……父親向來是個懼於做決定的人，卻肯為清水祖師發落千萬項代誌。只是他也在上個世紀末，不堪人事與廟事的糾擾，黯然退出清水宮，自此不再初六來到龍湖巖，與祖師爺不相聞問長達十餘年。

再會，巖仔。我們挾雨勢離開龍湖巖，後車座的我望著湖面為雨所擊起的漣漪，像看見當年那打水漂的男娃還在那裡；再會，巖仔。我們金紙也沒燒，供品都忘了取走便匆匆離去，車程決定出六甲橫過省道，切入官田接回在西庄娘家的母親，好讓情緒有個轉折。再會，巖仔，那年剛滿二十歲的我，在暖氣飽滿小客車裡，仍貪念這份清水祖師與父親與我的相緣會。不知為何，此刻想起，心頭卻漸漸寒了起來。

# 乾杯！父親！

## 風醉雨也醉

還好，我九歲生日那天，父親沒有喝醉。

可事實是從小我最怕父親出門喝酒，沒有站節的豪飲與透酒，脹紅的頸項，浮凸的毛細孔，酒嗝。酒醉的父親幸運時有人專車送回家，最害怕不知醉昏哪戶宅院，讓我與母親漏夜客廳乾著急。在手機尚未盛行的年代，父親不上班時，我都必須在家掌控他的行蹤，母親有交代：「千萬不可以讓爸爸跑出去喝酒喔。」

於是讓我們把場景調度回民國八十五年吧，那年夏天來了一個名喚賀伯的強颱，強颱過後西南氣流登場，大雨連下好幾個禮拜，各地不斷傳出災害，冒著八月的強風豪雨，父親又準備出門喝酒了。

母親說：「你不記得嗎，那天風交雨，我下班進門，你就興奮地跟我說，你老爸買了一顆雞卵糕乎你。」

我當然記得，那天，父親赴西港後營參加高職同學會，幾次經驗告訴我，父親不醉不言歸，然為了防止他真爛醉場面難以收拾，我開始領受母命跟隨他臺南縣境各地歡杯，才幾歲就懂得在宴席上幫他擋酒啊。父親的同學都形容我如母親派來的奸細，可酒席上我只覺得自己是父親出遠門時的累贅。

而我記得的還有那天出門前風雨尚緩，父親開著海帶綠的二手喜美，回程下午三點風雨驟大，我慶幸自己任務完成、慶幸有點茫的父親能醉後上路乖乖跟我回家，副駕駛座上我沾沾自喜，終於忍不住跟他說：「今天是我的生日。」

像犒賞自己又替父母親擋了一場家庭風暴，不曾同父親撒嬌的我，賣弄著童真來邀功。半醉半清醒的父親方向盤隨即迴轉，車子掉頭駛往善化方向，最後在當年仍開店於中山路上的麥羅麵包冒雨下車，再全身濕淋淋、滿臉紅通通的拎著一盒蛋糕遞給了我。

父親沒有說話。

父親從小喪父，缺乏父愛的他，沒人教他如何做個好父親，我輕飄飄捧著粉色蛋糕禮盒，亦不懂得同父親道聲謝謝。

母親說：「那顆雞卵糕實在足古錐喔，居然買了一顆五十元拜拜用的雞卵糕！」

是啊，後來我才知道，父親買了一顆拜拜用的戚風雞卵糕，把我安全送抵家門後，滿身酒氣趕去加班。

我忘不掉的畫面是當晚也停了電，暗夜風交雨，母親確實從冰箱端出一顆拜拜用戚風蛋糕，兩粒黑棗，一粒櫻桃。母親且拿照明紅燭當生日燭光，多麼通俗的場景：我的右邊是阿嬤，左邊是二爺爺，母親與老兄，他們在風聲雨聲掩蓋下拍著手，為我唱著無聲的生日快樂歌。

## 聽說父親要當乩

何只害怕父親喝醉，我還怕父親被抓去當乩童。

清水宮於一九九〇年初夯到頂點，信徒都深感旺廟還缺一隻乩，其時，一群剛退伍新婚的男人，日夜聚候宮邊帆布小客廳議論乩事，再搬來一臺折疊式多功能瓦斯爐車燒水品茗論房事。記得那瓦斯爐車大型玩具般兩臂攤開能當小桌子，桌面浮印著五子棋盤楚河漢界，我總奉母命坐父親身旁啃陳一郎代言的萬歲牌開心果，無聊時就用果殼做棋獨自玩暗棋與快棋。

父親最被看好，只因他夜半三點常感知神靈召喚、聽到祖師爺呢喃，睡眠品質大壞，又熱衷廟事，可說潛力十足；再說，父親從小喪父，還沒意識到世事乖隔，又被編整入一支以丈公搭配阿嬤組合的新怪咖家庭，父親為此自卑三十年。他說他從小命不好啦，而大家都流傳乩身帶壞命、謠言童乩歲壽短，寧為神明代言，求福報換以改運延壽。帆布小客廳裡眾男子以茶代酒，安慰似敬歹命的父親一杯，我撿食桌面殘留的開心果，心中斥責著無名神祇：「你抓我父親去當乩童試看看。」

如果父親生來帶壞命，那我就有責任許他一條好命。父親善良，太多心思的人接近他立即顯得虛假。

身旁環繞一群流氓中輟生，述說著父親的過去不被教育體制接受，他也曾形單影隻，尋求認同，如那群不讀書的孩子。

父親愚孝且疼愛妻子，最最寵溺我。

父親始終沒有被抓去當乩，是否印證著三十歲後的他正在轉運？

雖然沒當乩的命，父親卻疑似起過乩。

那是一九九九年曾祖母出殯回程喪宴上，那年，我們各自收拾悲傷情緒，大家族的崩解看似不痛不癢，後續引發的產權事宜最讓人敏感、多疑，像誰說了句：「出殯完的時間點，是解決遺產的好時機，以後再提，都顯多餘。」中年父親於是鼓起勇氣，代表阿嬤向年近八十五歲的大伯公提出空屋分屬，畢竟是兩家子的事情，父親頭次站出來捍衛自己無父的家族，他不過才四十幾吧，他且喝了兩杯高粱壯膽步出家門，五分鐘不到，頹喪折返：「人家沒意願談，房子擱著。」

後來呢?後來父親不知打哪喝了醉醺醺被攙扶入家門,那醉狀疑似起乩,父親不斷流淚,不斷打嗝,癱坐客廳,比畫哭號說門外有祖師爺、有曾祖母、有我早逝的祖父。母親忙用熱毛巾擦拭父親冒汗的額。

我忙著觀看客廳內上演的家庭鬧劇——阿嬤哄騙孩子似地要父親快睡,阿嬤且用手比雙唇不知對父親、還是何方神聖說:「惦惦!」

後來呢?更深的夜晚,徒留母親與我的客廳裡,已然冷靜的父親眼神迷茫望向門外路燈樓仔厝,他是不是又看見鏡頭默片倒帶:恥辱的童年、倉促的婚禮、初為人父……

我迅速推門走出,深夜十二點漆黑庄腳,冷氣團下念國一的我瘋子似咆哮:「我們是有家庭的,妖魔鬼怪快給我走!走!」

## 爸爸親像山

來!咱來去唱KTV!

通常約在今日善化安定路段旁的「天天開心」,或新市火車站口不遠處的「黑人」庭園勁歌場,那年頭南科附近的土地仍不值錢,還沒像今日外星人基地般數百公頃科技廠房,數十來間小木屋包廂散落稻園果田,巨型菇類。小木屋KTV正流行,大廳往往有整組回字型皮革沙發，福利社般的冷飲販賣部主打各類肉乾製品、醃製食物，啤酒最暢銷，時常有名拖地阿桑，從早到晚洗清滿地的嘔吐物，大型大同冷氣機嗡嗡嗡作響。

父親飲酒的首戰是自家客廳，他會先吆喝我至麵攤為他海帶鴨頭兩三百元地切，隨後再跑買超重臺灣青麥仔酒、BEER四十來罐，吊歪變形我越野腳踏車把手。父親不算能喝的人，但他有酒興，續攤更是一定要，續攤即是客廳全組相揪來去唱ＫＴＶ。

那也是酒駕尚未嚴懲的時代，我總小大人小女友模樣雙手交叉擺胸前，坐在父親蛇行的副駕駛座驚出冷汗全身，父親平時車品溫和，時速上下六十，誰知兩三杯混透黃酒下肚後也懂得超速超車闖紅燈。

我是不太願意從家裡被「帶出場」唱ＫＴＶ的，但母命難違，母親名言：「千萬不可以讓爸爸出去喝酒。」再說父親已近酒醉臨點，當兒子的能不冒生命危險，上車出門保護他嗎？

所以，我的歌喉，便是在一次次的續攤與Ｋ歌與酒駕間，意外訓練出來。

中型包廂內，有時我是童星方順吉，歪嘴「臭奶呆」唱著〈絕情風雨〉，高音還懂把麥克風扯老遠，父親死黨、阿彬叔叔聽完嚷要幫我報名「新人歌唱排行榜」。

有時我是楊宗憲，〈水中煙〉是我的主打歌，〈誰人甲我比〉至今前奏一下，彷彿我就看見同包廂的阿坤哥哥，跟我爭搶著紅麥要唱九〇年代最紅的臺語歌。

有時我一人情歌對唱〈雪中紅〉，一下陳亮吟一下王識賢，聲道切換自如，七彩霓虹燈霧底我時男時女、半茫的父親聽了說唱不錯，要大家掌聲鼓勵。

我們小木屋從不叫小姐，暗室一群結婚十餘年的前中年期男人，各自瞇眼翻歌簿，忙找專屬自己心事的國臺語老歌。他們都快四十了吧，還喜歡聊高職或當役男的事，迴避談工作。

印象中父親很少開口唱歌，他喜歡靜坐角落吃鹹花生、毛豆，獨酌聽他的同學同事與兒子飆歌。

有次他茫到底，突然喚阿良叔叔請臺計程車來接我們。

我才感覺罪惡，顧著忘情高歌、沉浸於掌聲中的我，沒有適時制止父親飲酒。

他是真茫、也氣壞了嗎？醉躺小木屋沙發不知對誰說：「今仔日，我是來聽我兒子唱歌的，誰去幫他點〈爸爸親像山〉，叫他唱來送給我！」

# 桌遊故鄉：轎車的故事

我要說的是叫車的故事。

那是興南客運老早普及十數年、而小客車尚未深入家庭生活的八〇年代，路上仍以腳踏車與ㄛ都麥居多，一鄉鎮仍藏匿多間私家車行，用藏字形容非因它是違法事業，而是在一出外不方便、汽車正緩緩滲入日常細節之階段，叫車所在通常便是一間普通民宅。擁有一臺車不惟象徵財富地位，同時它可能當成生財工具——令人想起舊時的牛。農業年代新買的牛隻都得牽至廟口燒香，牛角還綁了一條紅布，大哥購車時，我便陪他開著黑色馬自達前來稟報媽祖，車頭還繫了一粒彩球，停在廟口，立刻引來圍觀。是的，從牛車到汽車我們見諸交通工具、肢體語言之演化，我們會說「牽車」不說買車，牽字用來極生動，大概跟牽牛文化多少有關吧！

當我年幼，不過一條街上，便有許多男人因牽車開始走車賣勞力，當起全民司機，競爭相當激烈，為此生出地盤性，市場那頭歸阿四仔管、廟口這片攏係阿毛仔塊載。一兩次阿嬤因急事叫別人的車，還要求繞路。聽說阿嬤與二爺爺當年要替父親提親，本打算騎機車相載，大概感覺不夠體面，才叫了一臺車。我在外地讀書，習慣性裝病，得勞動母親遠從大內至麻豆接我，若碰上父親出差、夏季西北雨季鐵定得叫車。叫車文化它活躍於計程車漸次駛入鄉間，房車進入一家庭結構的八九〇年代，如今已是失傳之手工業。

最近一次回家，在客廳漫轉著遙控器，外頭雷陣雨來得又急又快，門口忽至一駝背老人，臉色慌張隔鋁門窗對我說——少年仔，借問甘有塊走車？

他手指父親停在騎樓的老豐田，誤會我們家提供走車服務。我在客廳、雜著雨聲同他比畫廟口方向、心頭嘀咕這年頭還有人在走車？昔時司機大多病歿，或老到根本開不動，目送駝背老人離去的瞬間，我的心情沉重一如溺水——

兒子、女兒呢？看起來八十歲超過，至少也有孫子吧？

像他因缺乏交通工具，近年遭逢偏鄉人口銳減，公車砍班而難以出門的老人其實還很多，他們將去之處大概是奇美新樓醫院，例行的換藥回診或看護輪班，只因他們另一半正平躺在病床。我在他們身上看見一鄉鎮之交通史，交通史也是遺棄史。

十八歲之前，日日我在騎樓眺望太陽落山之處，那裡有一座通往外鄉鎮的大橋，橋下一條向七股出海口流去的曾文大溪。冬日河床乾涸，我所居之處是嚴重缺水區域，我的心靈也為現實阻塞、出不去，無人願意載我一程，即算兜風也好！天地斷我困我於一鄉鎮，我的心中藏躲一隻想逃的幼魂並不被完全了解。

後來家裡有了車，我日子仍過得十分寂寞，療育我的是旅遊節目，什麼〈臺灣探險隊〉、〈在臺灣的故事〉、〈勇闖美麗島〉。一度夢想擁有自己的車，且是大型休旅車、遊覽車，夢中全家人平穩睡在我的車上，前去之處會是一名勝一古蹟，應該是南鯤鯓代天府、烏山頭水庫，我們受困山區如災民太久，該吹風、該出去走走。夢境就像電視上汽車廣告，然汽車廣告有嚴重性別偏見，複製男性有車等同有目標，我電視是看太多了，我對未來想像十分疲乏。

有沒有可能、讓一支汽車廣告特為單親父母或花甲老人拍攝？老人還否有資格擁有一臺新車？伯公過世前將他一筆存款替時已六十餘的堂姑添了一臺車，此事在鄰里以一則閒話菌散開來，根本是忌妒！作為老父親給老女兒的厚愛，化諸一輛遮風避雨小轎車，是一樁美事，那幾年因伯公獨居，堂姑回鄉下以機車代步，車程來回長兩小時。所以對會開車的女性我毫無根據、是一心佩服，大概也來係汽車廣告打造的偏見。我猜想這輩子我學不會開車，多年來車上亦是父母爭執頻率最高的空間，你知道的，母親有年企圖自高速行駛中的後座跳車，那陰影如煙管廢氣至今圈繞在我心底。

父親三十歲有了自己的車，先是一臺二手中古車，雜牌車，橄欖綠的車身，車內構造不能算壞，但就是直覺它舊了。領車當天父親載我與大哥四處巡迴，我們去了很多地方：麻豆五王廟、走馬瀨農場、左鎮化石館，耗盡半桶汽油。大哥搶走副駕駛座，我一個人在後座扭捏不安，那時安全帶仍是妨礙坐姿的設計，我像剛被關進籠內一慌亂的小犬，心情興奮也像汽車廣告述說的安心、穩定以及方向感。父親開車很慢，至多八十，後來我習慣的速度就是八十。

父親的新車則是一輛墨綠一千八C.C.的豐田，車牌號碼頗不雅，七七八八，車廠在佳里口的TOYOTA，牽車當日一家四口都到了，記得新車駕駛座的父親表情十分複雜，他終於是一車之主、也是一家之主了吧！車頭同樣細繫一顆滑稽的彩球，風風火火，晚上七點我們一家從鹽分地帶駛回山區大內，夜光車體內各就各位，當時我並不知道，一部至少長二十年久之汽車敘事彼時已經展開。

那輛車載我跑遍南部七縣市。有幾年我陪父親出差，父親公司專製車體內一切紡織物事，客戶遠至桃園與苗栗，記得在三義車廠，那畫面實在駭人，數千輛等待交貨的新車，秩序固定於數十公頃的荒地，我遊走其間，想像數千個闔家出遊的大夢正緩緩成形；也曾陪父親透清早載著賽鴿至鵝鑾鼻、七股鹽田、高雄仁武放飛，我們即刻掉頭，通常先抵家門的是賽鴿，速度快得驚人，那是鴿王，每一隻種鴿都有綽號，父親細心替牠們拍照；我念東海大一那年的中秋節，買不到車票被困在大度山，父親聽聞馬上說來載我，那是第一次我感受到父親強烈的愛，他半夜三點出發，我在清晨五點的東海宿舍醒來，摸黑通過一片泛紫色薄霧來到校門口，隔著中港路，也是第一次父親對我揮手，我也用力揮手，交通工具扭轉了我們情感的表述形式。

父親三十歲之後的命運繫於一輛小轎車，此生擁有的第一輛、也會是最後一輛？

當年新車車齡近逾二十載——二十載足以同時養大一男孩成為大學生、二十載足以讓皮革座椅龜裂如掌紋、罐裝芳香劑揮發成一空殼，剛好拿來吐檳榔汁；二十載更足以讓後座加油站贈送之衛生紙堆疊如賣場、讓彼時最風騷白鬃長毛犬造型的面紙盒停止使用好比一隻流浪狗。父親的豐田史是我的旅遊史，那儲蓄的里程數同時擘劃了我年幼之視域，我的瞳仁精緻如一新架設之行車紀錄器，不願也不錯過二十載來任一臺灣風景。

我想起來了，那是唯一一次全家出遊，遊興不高，但我心中有一份大喜悅。所謂全家還加入阿嬤以及二爺爺，記憶如此瑰麗，讓我捨不得將它寫下。目的地是南鯤鯓代天府，全臺灣阿公阿嬤的熱門景點，也是我們家私房景點。那天香客眾多，遊覽車絡繹，鞭炮與鑼鼓聲響未曾斷絕，艷陽天下我們在鹽分地帶以防遭香客擠散因而集體行動，集體行動卻不多話，不停上廁所、不停燃香祝禱捐贈香油錢，我們全家出遊如上演默劇，檀香捲出的淡霧失去了視線，我不時注意家人的心情與表情、小心誰可別走丟了。

我們去拜王爺公與囝仔公、去附近全國知名呈塊狀呈絲狀的魷魚鱈魚捲市集、那裡有論斤賣的小魚乾一山山、色塊遠看如棄置不用鐵絲球網，白日的鹵素燈下，橫躺千萬隻油炸螃蟹與千萬隻章魚白腳，畫面是一火山爆發海底世界。隨手抓來我試吃一隻，傳來酥脆卡滋聲響，凌空一包包透明袋裝自來水得以拿來驅逐大頭蒼蠅，反光折射老闆娘因遊客寥落而見有呆滯神情，炙熱的陽光使人心緒焦躁，我猜想誰快發脾氣了吧！路邊一攤攤的青芭樂、情人果，我最愛的燒酒螺細分大中小微辣，我趕緊買一包綜合辣。上車開冷氣、車上全家六口吸螺肉、塞嘴巴，我們滿嘴辣，不說出的言語更辛辣，人手都一罐愛之味麥香茶。

離開南鯤鯓，沉默、大家心中都不甘於回家，連阿嬤也想多看，只因很少有人帶她出門玩。過急水溪是嘉義縣，我們又去布袋港買剛上岸的海鮮，一籃籃活跳蝦暫時放在魚販贈送的白色保麗龍盒，裏頭細細鋪上一層碎冰塊假裝冷凍，我們遂以冰融作倒數計時——我們又驅車前往雲林北港、一家六口橫走馬路中央像黑道路霸，我們忽略沿街叫賣蒜頭、糕餅、鐵牛運功散的流動攤販、忽略滿地匍匐兜售毛巾口香糖的肢障孩童，最後在廟後沿路生成的小吃街點四菜一湯當ending。

記得當天返家不過三點多，還是太早了。二爺爺帶我來到他常拜訪的農藥行，開口即向在座農友炫耀說早上去了北港，桌上一壺剛煮好的茶，茶香飄散，配上雲林買來的綠豆椪與芝麻大餅，大家吃餅談收成，我穿梭在無數年年春、除草藥隔成的紙箱隧道，一呼一吸盡是農藥味。我如此幸運得以聽見來自二爺爺的感言——他說伊足歡喜，三十年來第一次，三十年。他舉杯對眾：「來、飲茶。」

更多時候，是我們一家四口漏夜遊蕩在夜市，也不管隔日小學生作息，野到午夜一二點。有一個極富未來感的畫面，當我撞見、失神而有想哭之衝動——那是父親的車門開一半，冷氣、廣播不斷溢出，車內小黃燈如睡前燈，於暗夜山區街道如一發光洞窟，讓人有一躍而入之衝動。是的，一躍而入，那幾年我老將上車、爬樓梯、上床睡覺等行為鏈結、反射在一起，每每糊里糊塗將鞋子脫在馬路邊，發現時通常已離家數公里遠，關於一孩童上車肢體之隱喻我也分析不來，大概有一點點興奮因深夜出遊，有一點點睏因太晚別出門。我們最常去麻豆夜市，途經深夜臺南平原，彼時麻豆糖廠仍在運作，車過總爺社區，我喜歡將臉緊貼窗面，只為貪看夜間之製糖經典畫面、看靜止鐵支路上的蔗糖小火車與我們的小豐田平行，如今已是歷史場景。

我正在電腦前懷想過去，以文字追逐靈感，轉彎、減速、踩油門。車體是我的記憶體，我的腦袋亦是一行車紀錄器，輕輕放開你右手的滑鼠吧，你看，它的外觀是不是很像一部小客車？

常被一惡夢驚醒，你也是。夢中地點像在布袋港路上，也像在七股與北門與將軍。我們的車子行經兩邊盡是魚塭的產業道路，沒有護欄，路旁標語不斷告示以減速慢行，慎防墜水意外。我夢見天地瞬間暴雨，雨刷紛紛脫落、去路視線不明，左右池水漲高，陸路成了水路，眼前汪洋一片，車內是父親與我。父親努力放低車速，保持平衡，幾乎停了下來，雨水如瀑布的車廂內，我們父子對看彼此，未曾有過的鎮定神色在張狂雨勢之間，突然一陣大浪打過來，我們的豐田小車失控旋轉三圈、滑進了魚塭，先浮載於水面、漸次水勢高過車窗燈、車窗直至滅了車頂——

曾在類似新聞得知，有另一對父子因在港邊碼頭倒車，失控墜入海中，初始幾分鐘，尚未罹難的兒子在水中撥打手機，訊號刺破水面，家中母親適時接起，畫面難以描述，對話只能陷入一片驚恐與一片嚎哭：「你們在哪裡？」、「在水裡。」、「快救我！」、「下輩子還要當妳的兒子。」當一切逸離了現實，電話兩端尚未回神，河水即夾帶大量漂流物轟轟然灌入。攝影棚請來專業學者講述求生方式，形容會有那一瞬間，當水勢漸漸滲入，自踏板、坐墊、照後鏡、在蓋過人身之零點一秒、兩秒，失去重力的車門只需輕輕一推，如掀一頁薄紙，抓緊時機如魚族閃閃逃命而去——

是有那一瞬間，我看見父親輕輕一推，讓我游了出去。日光打在水面，折射再折射，給我線索，就在我為無名水壓往上拉去之零點一秒，我奮力伸長臂膀，一手拉住父親——水中我們翻騰如蛟龍，為柴枝刮傷，為垃圾制纏。

我看見小豐田慢速飄向另一水域，父親在水中為不知漩渦再次捲走，我張口大喊，我吃水、旋即向水面竄升……

我看見小豐田直直插入河底如一記憶殘骸，最後輕輕震出一水煙、數千數萬魚群……

# 一件小事

父親的手機又掉了。

我已數不清這是父親四十五歲初拿手機後所遺失的第幾支手機，是諾基亞的三三一五波浪機，還是塞胸口仍會露出頭的GD92，印象最深刻地則是骨董機三三一○，那也是父親的第一支手機，撿大哥玩膩的二手機。

也是那幾年，父親開始撿我們兄弟的日常用品：愛迪達球鞋、學生尼龍材質運動外套、RS摩托車和不斷汰新的手機，當年紅到爆的國民機三三一○，父親資源回收般撿回來使用。

記得辦理轉戶那天，一家人在善化中山路上的通信行像撤戶口、辦移民手續，印章啊身分證，父親不耐煩，所有表單交由大哥代填，我趴在玻璃櫃檯複眼探索花樣繁雜手機款式，忍不住提醒通信人員說：「手機裡面的簡訊啊、電話簿啊，要移除乾淨喔。」然後催喊著騎樓抽菸的父親，進門聆聽操作講解，如何發話與開關機。

要生來浪蕩性地的中年父親重做三C男孩其實並不容易，b.b.call時代他拒絕進入，手機風潮似乎也挺感冒，雖看同事人手一機他仍興趣缺缺，南方小鎮工業區裡的打卡作業員，八點上班五點下班，他才是自己的大哥大與呼叫器。直至有年母親節，叔叔拿了支手機晃啊晃，大概讓父親心生不甘落於弟弟的複雜心緒，當晚他就同兒子們說要辦門號。

也好，父親假日行蹤成謎，興趣太多：賽鴿、壘球、廟會，加入義勇消防隊全縣各地滅火。有了手機，方便母親與我密切掌握他的行蹤。

只是中年的父親眼力已驟降，賽鴿認錯軟腿歸來的冠軍鴿隻，鎮日丟球的大手則不適合太秀氣的觸鍵，他需要的手機是大按鍵大鈴聲與大字母。雖是如此，他還是按月掉手機，跳宋江陣一個吼聲一個蹲跳，上萬元的手機就沒了。母親說的好，粗魯人，滑蓋手機用到斷頭，貝殼機會肢解，不斷滲出的手汗讓按鍵字色日趨模糊，母親且說：「人找得到就好！你爸的手機不需要用太好。」

人找得到就好。

所以我們兄弟開始幫父親申辦零元手機，不考慮外觀造型，毋須照相功能，智慧型手機對他來說太奢靡，最近他看我不時拇指食指且撥且滑如道士作法，滿臉困惑，看著自己手上的廉價機仔對我學舌：「人找得到就好，不用買太貴。」父親也不傳簡訊，屬雞的父親為母親訕笑說是雞眼睛，發送簡訊根本是表演特技。

我們父子平日話不多，緣於從小我愛當抓耙仔，同母親播報父親飲酒賭博處所，十多年長的芥蒂，無法輕易述說。

我們若通話，必定簡短：「我十一點到高鐵。」、「我明天回東海。」、「媽媽在家嘛？」

父子短語像命令更像簡訊，至於真正的簡訊是近乎於零。

然我曾是一位錯發簡訊到父親手機的糊塗兒子呢，其羞愧程度遠遠超過掉了十多支手機。

那是畢業在即的大三下學期，玩樂額度將用盡，女生忙著找對象，男生忙著等當兵。每天我騎機車四十分鐘到高美溼地河堤看發電廠巨型風車、臺中港的夕陽，或花兩小時從東海別墅徒步至逢甲大學，上下求索就業出路。嘗試做很多事情：報名很夯的華語師資班、接觸單親輔導團體，課太少會有罪惡感，於是申請教育學程，只因父母親說當老師好，是公家機關鐵飯碗。

同時驚覺父母快速老去，一群二十出頭歲的私立大學生開始發狂打工存錢，我們的同儕都有還不完的助學貸款，心中更為了該念研究所與否夜夜難眠。人人都鍛鍊出十八般武藝；人人都渴望一條緞帶長的漂亮履歷。

再說我幼稚園時便勵志要替全家人擋風雨，阿嬤、母親每遇有委屈，必定對外力爭到底，若我未來不成材、不耀祖光榮，我以為我們家只會繼續為鄰里瞧不起。於是就著相思林的地燈我傳了封簡訊，本該傳到朋友手機裡的求救信，一個恍神意外送到了父親的手機，那顫抖擠出的字句寫著「我很累想放棄別生氣」。

不久接到父親的回電，當時人已在圖書館地下自修室的我，快步到一樓。父親說：「在忙？這禮拜要不要回家？」

「準備研究所不回家。」

不提誤傳的簡訊，我們亂說著各自的心情。

更晚，我便在手機內收到父親的回訊──「放輕鬆很努力了」。

沒那麼煽情，不上演父親大眼瞪小眼給兒子發訊的劇碼，後來我聽說是父親委託球隊少女經理幫忙傳訊。其時我人走在文理大道邊讀邊哭，像撿回一個逢假日便四界應酬的父親；像撿回走失於冷霧大度山的自己；像他還拍了我的肩膀：「不要緊張，深呼吸。」

據說臺灣每年有八百萬手機被生產，上萬門號生效啟用，每個家庭都有個暗屜囤放舊手機、電池、旅充與黑線糾纏成團。

據說手機很毒，內含鉛汞銻鋅污染質。

殘留舊手機的溫情簡訊若無法複製，偶爾開機回味老簡訊也頗有勵志功能。

漸漸地，簡訊文字徒剩形體，內容拔昇出詩意與心意。

我一直記得有封父親託人為我捺下的快訊，日後隨著我續約換型號，仍穩躺在我的SIM卡裡。

而我錯發的簡訊，也許隨著父親陸續創高的遺失紀錄，已浪遊於島嶼橋下河岸跳蚤市場、手機回收箱，或哪個陌生新客戶手上。

那簡訊內容曾汩汩述說著一名解嚴後出生的年輕人，面臨將入社會的種種焦慮，而年近後中年，逐漸安定落來的父親，又如何透過文字為好勝的兒子加油與打氣。

# 楊小虎搪著刣貓仔

我又聞見了檀香味。

不是初一、十五，也不見誰登公媽廳燒香去。中學生十四歲，夜夜我在房宮苦解三角函數矩陣行列式，房宮內常飄來一襲臺灣檀木氣息。那味道非香片、東柴燒出的頂級沉木薰味，接近燃了兩三匙廉價的淨香粉而起——我確定，我幼稚園時就在「清水祖師私佛仔壇」聞過——漸漸它散溢我房宮內外，樓梯間口、浴間仔、灶腳。我推門快步下到客廳，追問收看〈飛龍在天〉的母親與阿嬤說：「您有鼻到沒？有沒？」

從小我就被告知很有神明緣。父親說，我兩三歲有天爬不見人影，當時社會新聞正盛播孩童綁撕票消息，全家同鄰居透天厝翻過來找，母親才哭說想報警，我的笑聲隨即從阿嬤房宮傳來。父親形容，漆黑眠床底見了我俯趴姿勢，單手支頷，另隻手對空氣比畫，發出分貝極高尖笑聲，像跟誰玩在興頭，叫也叫不應。父親還說：「雄雄一時間，樓腳樓頂攏香味，薰得，親像神明來過。」

會是誰來過？誰會在我們家逢喜逢災，總傳來一陣檀香，我們各自踮腳爭聞神氣，大口吸吐，才能安魂鎮靜，不慌不亂。

還有誰來過？其時三十歲的新手父親，初抵一間名喚清水宮的私佛仔，誤將清水祖師認成他早逝的老父，無怨悔付出。父親任過無數科香儀的爐主，介入所有出香、請水、過火故事，還差點抓去當乩童。

跟隨父親腳步，我也開始出沒清水宮。清水宮無廟身，鐵皮小屋與三合院伸手仔接連蓋神壇，雖如此簡陋，也有令旗、天公爐與大小神轎。聲勢連續好幾年壓過庄頭大廟朝天宮。

那是一九九〇年代初期吧，我雖不再對牆自語、或咽喉發出奇異聲響，可我的腸胃開始扭曲絞痛，日日不停打嗝，像魔神仔要偎，體重上不來，十四五公斤。父親遂領著我來到清水宮內，蹲在八仙桌緣——我印象非常清楚，父親手指桌底那尊虎爺公說：「恁老朋友，咱呼請來照顧你。」

我渾身發抖跪鑽進去，不敢哭出聲音，將虎爺公「端」了出來。

日光大燈小神壇，那時，父親倒流檀香粉，準備為我燃起第一爐香。

這男人的銅管仔車只騎三十時速，逆風亂哼陳雷的新歌〈風真透〉，還不斷喊我小虎小虎，蹲坐他的西裝褲襠前，我嗅到從他口腔空降的檳榔腥菸臭，心中一直有作嘔的衝動，五分鐘車程，我努力將身子壓低，把臉埋栽龍頭儀表板，深怕路口與不遠處剛下課的國小老師碰頭。那是一九九五年前後，我國小三年級，放學剛進家門，書包仍肩著，隨即被等候客廳久時的他擄走。家門前、柏油馬路邊他先隨地吐痰，最後踐踐地發動那部火焰流線、照後鏡歪半邊加「必巡」、不知打哪ㄎㄧㄤ來的光陽「五十仔」機車。

走到了騎樓我掉頭，望見送我出家門的父親，臉色似乎難為極了，他像用著唇語對我低訴歉語：「再一次，就去吧！」阿嬤客廳內對我擺手喊我：「免驚！去啦！去啦！」我才無冽驚，可這男人笑裂嘴時的髒齒紅唇還是讓我滿身疙瘩，吐冒黑霧怨氣的煙筒管啊，路人皆摀鼻疾行而走，最要命的是他小虎長小虎短地喊。

天啊，千萬不要再喊我小虎了。

車走我的男人喚作刣貓仔，乾瘦身軀腸胃差，穢語症狀口頭禪是「嘿，幹！小虎，你好嗎？」他穿大尺碼仿冒紅螞蟻襯衫，襯衫浮水印兩仙日本藝伎，三十歲數已有臭老容顏。刣貓仔臺東富岡人，幼年父母離異後，刣貓仔便跟母親改嫁無數次，浪遊東部海岸線當太平洋小王子，他母親據說至今仍在花蓮山區經宮廟，兼作收驚與改運。刣貓仔得神明緣、算算也是名從小飽吸檀香長大的孩子。

刣貓仔是某科清水宮會香臺北縣三峽祖師廟，混進我們遶境車隊「跟」回南部的，時間是上世紀八〇年代末，島嶼六合彩旋風正興行，清水宮內眾爐下屬刣貓仔求牌最積極。除了清水宮，他走遍各大亂葬墳場、萬善堂、姑娘仔廟，看浮字是拿手絕活，瞧他隨身都帶一把特製福爾摩斯款放大鏡呢。

我不喜歡他。

父親清水宮結識的酒肉友朋都害我莫名懼怕。清水宮紀元伊始，二十五歲的父親時間全獻給祖師爺，熱衷神明事，花錢像曾文溪水勢，家庭革命不顧老母妻小，日日修神轎、扛攆轎追牌支，追玩牌支神壇後方經筊宮，東南西北風。時常母親床上緊抓我的手哭整夜，母子倆睜眼不睡，憤懣至天明。清水宮偶爾出沒單身妖嬌的查某，父親女人緣奇佳，為此我經常奉母命駐守清水宮內外，鷹眼掃射逼近父親的眾姑仔與眾姨仔。

父親身上挾股浪蕩氣息，尤其吸引輟學、離家與跑路的囝仔。他們習慣喊父親一聲老大仔、一聲阿兄，死忠地很。又或父親出身單親家庭，成長路上吃苦吃虧吞腹內，長相粗獷如大尾流氓，同種同味，大家乾脆窩作堆。惟父親家有老母悍妻撐著沒垮掉，年僅五歲的我又懂得大小宴席該替他擋酒，避掉無數災難。記得每每父親出門應酬，我總是特務秘書，坐定他身旁：「ＯＫ！可以了、別喝了。」然偎靠父親那二十多歲的男孩們，我已數不清幾個了，最後要不二度、三度用藥，重返籠仔內關到生虱母；要不人間蒸發到布袋港偷渡；狀況最好年初一來電同父親拜年，說老早結婚生子找頭路去囉，也有那親自送新東陽香腸肉鬆則算是稀有動物。

我童年時光都跟他們玩作伙：刣貓仔、亞勳、以及紅毛耶。不迷卡通影片機器人玩具，老愛跟一群大哥哥、少年叔叔野。亞勳名字挺斯文，中學念臺南最好的私校黎明中學，黎明早年高升學率與苛刻管教出名，亞勳被打到怕，成績遲遲綴不上來，國二趕緊歸鄉念本地中學。印象中亞勳鈦銀鏡框，中分麥當勞頭，很難想像他擁有一臺拷金檔車，騎鄉間芭樂森林小徑能唱國語流行歌，亞勳上有四個念師院的姊姊，父母親公家機關鐵飯碗，單傳么子的他很有禮貌，最愛玩我家的看門大黃犬。我小學時代一路模範生讀上去，每每亞勳載我去清水宮，或去他七仔吃頭路的檳榔攤黑狗兄，看蹺課高職生玩撿紅點、十點半時，我提心吊膽，好怕路頭路尾搪到同學，才幾歲小孩就懂得掩飾啊，我真可恥；或像紅毛耶，髮色即血色，紅髮染好看決定於膚色，否則會很像麥當勞叔叔。紅毛耶熱帶膚色真是廟會扛轎給南部日頭天然曬出來，他習慣穿刺繡宮廟堂號的白汗衫，天熱上衣翻捲起來穿，衣結打胸口，露出令人臉紅心跳的胸肌腹肌，電昏好幾團花鼓陣阿姨。同時他出沒七八間「私佛仔壇」扛轎打臨工，手真巧，是會自己開面畫臉譜的藝術家兼八家將。紅毛耶跳的八家將步伐極到味，舞扇臂丘帶出的肌線似臺南山稜，他到底不需強瞠目、展獠牙，生來一條跳陣頭的命，每個頓點皆是戲皆是情緒。其時臺中雙十路紅茶店街飆車族正竄行，稍早臺北大度路車隊已把街頭當極限遊戲競技地，人在南部的紅毛耶懂得跟流行，他車頭懸掛一生追隨過的各尊王爺香火袋當護身符，日日從黃金海岸飆一百二到茄萣興達港，壓車三百六十度迴轉臺南市區，最後因閃避臨檢撞死於兵仔市公園路。據父親口述，紅毛耶倒下時車身全毀，霓虹車燈閃閃爍爍，讓府城暗街如酒吧舞池。

電視劇演浪子回頭泰半攏是假，金盆洗手，回歸正途的零散兩三尾。

後來同父親提起那些男孩刣貓仔、亞勳、紅毛耶。

父親名言士農工商啊！

壞得太徹底，很少人願意拉一把，只好整組壞下去。

刣貓仔是整組壞下去，卻又會自動修復的非典型。

刣貓仔得名於他真刣過貓仔，喔、天啊，光憑這點我就要封鎖他。

可他陰魂不散，愛纏我，也是最晚離開清水宮的人。

刣貓仔浪遊到清水宮與父親相識時，人生正在第四次跑路。已退伍幾年的他身無分文，身邊跟著一位看上去大他四五歲，高過半粒頭的落翅仔姊姊，他們租賃加油站邊一間未裝潢透天厝三樓，記得父親初領我至刣貓仔的窩，三間打通的格局席地只擺張彈簧床，牆角都壞掉燈管與滿地碎玻璃片，刣貓仔每看我無聊蛇來蛇去，緊張兮兮囑咐我千萬小心，落翅仔靦腆地就說：「阮刣貓仔很喜歡細漢囝仔。」落翅仔名喚阿環——阿環姊姊菸抽超大，她也是我生命中第一位「住市內」、會「食菸」的黑貓姊仔，性感菸嗓子唱歌，主打歌林晏如〈疼惜我的吻〉和〈走味的咖啡〉，濃妝頂著鬈蓬頭，刁菸手勢帶出放光的粉紅指甲油，吻仔魚紋眉常讓我誤會她曾在吃戲班頭路。阿環彰化芬園出身，不到二十歲就臺北桃園兩地賺，後來永和租厝去揣著刣貓仔，我父親母親嘴上不講，我也隱隱感知她定出身煙花場所，可當她在我家廚房熱得滿頭大汗，同母親撿菜、洗菜、顧囝仔，最後一群人圍坐亭仔腳，搬出柴板凳、ㄅㄆㄇ折疊桌像吃團圓飯時，我還是覺得好溫暖，特別阿環在清水宮喊我小虎、為我燃香祝拜清水祖師，我的心好激動，似乎還聽見她為我祈求，說「大漢敖讀冊」、「腸胃要顧好」。雖然當時我已從父母言談加減拼湊她的情事並不順遂，與刣貓仔五六年長的情字這條路業已行到紅燈尾。刣貓仔和阿環多次租處冤家動粗，父母親拎著我機車三貼風雨無阻趕去勸，刣貓仔到底是「浮浪貢」命格，趴趴走、一隻嘴糊瘰瘰，人家阿環下嫁念頭才冒出，刣貓仔便開始在外面偷吃。刣貓仔後來有否與阿環結成連理，我想連祖師爺也不知情，他們這一對像賣藥走唱王祿仔，更像季節性歇息孤鳥野禽，大難一臨頭，奮力振翅各去。

那幾年，清水宮叔叔阿姨留給我太多無言的結局。

所以刣貓仔再次歸來，說穿還是要討牌。我已記不得他往返宮廟幾回了，從前祖師爺大年初六進香三峽清水祖師廟、六甲赤山龍湖巖，回香廟埕廣場固定請庄內同樣清水宮爐下的阿鸞師辦桌，我們一群孩子喜歡布帆下就著臨時牽起的鹵素燈泡，端小碗魚翅羹、紅蟳油飯，跑到最前頭看露天小劇場，我們都不愛成龍李小龍的阿砸踢打，專挑巨燈影音發行豬哥亮電視特集，我最愛豬哥亮。刣貓仔習慣先同我們坐前頭邊看邊學豬哥亮，半晌不見人影，才發現他早同父親划起臺灣拳，手指且伸且縮地喊什麼三三與七巧。矮凳看戲的我為此心不在焉、頻頻轉身——沒站節的父親要被灌醉了嗎？有沒有高粱啤酒混著喝？今天又要爆發家庭革命了吧？刣貓仔也帶父親蹔粉味店，愛合資大家樂當組頭，輸光父親半月薪水，可說是我們幸福小家庭的亂源。平日母親吞聲忍氣，笑臉邀客入坐，夜裡卻同我泣訴不停，我和母親同一國，齊心排擠刣貓仔，就算刣貓仔他常常送我玻璃彈珠，珍貴的帶花牛奶珠，我都默默收藏在鋪著衛生紙的鉛筆盒。

刣貓仔口中的父親是老大仔，在我心中父親卻永遠像細漢仔。

關於父親，我和刣貓仔有了歧見。

宮裡兄弟都說刣貓仔沒老爸。

漸漸我開始當面瞪刣貓仔，掛他電話，或電話來時，騙他父親不在家。

於是讓我們把鏡頭調回刣貓仔將「五十仔」停靠廟邊窄巷內那間三層樓仔的畫面吧——樓仔厝客廳即公媽廳，家廟一體，說是清水宮迷星散後，無神像祖師爺與無神像虎爺公的新居。神像不知呼請至何方，祖師爺只好日日降駕強調祂還在，不時發爐聲明神威十足，爐下為了驗明來者真泉州安溪清水祖師本尊，父親甚至煩請祂報上祖籍姓氏與得道升天處。清水祖師陳昭應，北宋徽宗一高僧，很會讀書，秋千聖誕年初六，我小時候過農曆新年，最重要的日子就是年初六。

但實情是宮廟不玩六合彩久矣，一人一家代，或早移愛九天玄女、更神準的有應公廟群、大小亂葬墳場。清水宮休業多年，讓歸鄉的刣貓仔央不足人扶撵轎，遂把目標轉向剛念國小三年級的我。刣貓仔說：「小虎，虎爺公有指示，祂跟你最好，已經通知你。」刣貓仔掏出自備黃銅小香爐，緩緩倒入流沙般的劣質檀香粉，他且用正記福猴火柴盒燃起了一爐香，緩緩道：「小虎啊，阿叔這遍轉來就靠你囉。」

語畢，他旋至葫蘆瓦斯車點香，他三炷、我三炷，兩人恭敬對無形祖師爺拜了好幾下，只差沒有跪下來——刣貓仔說這是別人厝的公媽，免跪。

刣貓仔也懂人情世故，聽在耳裡又感覺他是保護我了。

刣貓仔熟門熟路，把別人家當成自己厝，撕牆上八開日曆紙，開抽屜找簽字筆，以供我準時記下爐內浮凸的畫與字。

屋主婆婆灶腳備晚頓，屋主婆婆的兒子大概身陷下班車陣。

四下無人，置身陌生歷代先祖牌位前，我侷促不安，像被誰盯視著。

那也是我生命中最後一次被撂去民宅看明牌。

我記得刣貓仔說：「小虎，你幫阿叔看，我來去外頭食菸。」

香過，香氣轉淡，能聽見不遠處國民小學鐘聲響。

我感覺蚊虫腳邊盤繞，天色漸漸沉落，灶腳飯菜香掩蓋過了沉木檀香。

我肚子好餓，昏暗公媽廳八仙桌，不明為何童子我靜靜守著一爐香——

念頭懸著，忽然凝神——是蚊子跌進了香灰嘛？

有字浮出來了——

小香爐浮出了牛身與雞形，我瞪大雙眼，是真的。

是多少呢？生肖大排行，牛是二，雞是十。

該寫多少呢？我快筆寫下二和十。

外頭刣貓仔發現有了動靜，菸扔掉快步湊上來。

他瞄了我捺下的數字，探頭香爐，對我比畫說：「有喔！親像雞和牛，所以是二和十。」

不懂自己為何忽然生氣，我心想如果你都看見了，那何必找我來？

於是偏偏給他加上一，改成三和十一。

刣貓仔丟給我一枚困惑眼神，輕聲細語湊進我耳際，還比手指同我確認：「牛是二，雞是十喔？」

我沉默。

「還是虎爺公有跟你託夢？要加一。」

我不語，起身就走。

一時大家繞著我報出的號碼放風聲。

刣貓仔後來簽了三和十一，父親據傳貪念坐專車、跟了好幾組。

那天之後，我沒再見過刣貓仔。

刣貓仔去叨位？他是否還把自己打理得很瞎趴，一身民族路成衣店襯衫西裝褲，小生油頭，玩心未泯；他是否成了樂透暴發戶，已擁有一棟自己的洋樓仔厝；他還在島嶼大小宮廟浪遊嗎？或轉去臺東故鄉，重新當他的太平洋小王子。刣貓仔體質很敏感，幾次廟會疑似靈動起乩——精神恍惚的他會仰天胡亂指揮，跌坐地上哭鬧，哭累靜靜流眼淚，像把許多心事鬱結腸內——經年他都被弟兄們訕笑，視作發酒痟，說刣貓仔是被神明處罰了。

刣貓仔醉言醉語：「攏沒人了解我。」

刣貓仔一把年紀沒定性、不正經。

我則是黃昏低血糖餓昏了腦頭、花了雙眼，不是神跡真現顯。

穿著學生制服的我，夜晚步出陌生人家公媽廳，撲面南國涼風，巷口桂花香。

我小跑步、我抄小路。

七點華視新聞片頭，聲音四面八方、家家戶戶傳來。

廟邊麵攤路燈下我停住，看見父親鈴木機車。

店內店外父子面面相覷。

我想起父親經年外食，即算阿嬤煮了一整桌；又想起親愛的母親，大概加班了吧。

店內父親嘴形彷彿問我吃了沒——我搖頭、掉頭，朝住家方向奔去。

附近有新居落成，時辰到，東西南北謝神燃鞭炮、山區放煙火。

幾天後，晚上八點，臺灣香港同步傳來最新牌訊。

我家客廳電視窩聚二十多位牌迷，滿屋煙霧菸味。

楊小虎站騎樓，是開出了幾號呢——

我才不想告訴你。

# 爲阿嬤做傻事

這篇文章起源甚早，卻遲遲無法寫完它，數個平躺床上構思語句、孵化敘事、打開手機鍵下靈感的夜晚，兒時記憶同時如甲仙左鎮山區土石流翻滾而來：有時我因一個畫面在半夜暗房笑得吱吱叫像隻錢鼠；有時我因一個場景：客廳、農舍、山路，幾句無心的對白、淡漠的表情、冷掉的情節讓人睜眼憤懣直至天明。我不明白自己為何迂迴故事發展、抗拒敲下文章句號。

二〇一二年五月，接下「三少四壯」專欄，開始過著以文字健身、如服文學替代役的日子，那也是阿嬤在醫生宣佈存活率不到十的初夏，我慌亂中開筆寫首篇〈六月有事〉，一種祖孫間的默契讓我預言阿嬤定在文章連載期間離開人世，二〇一三年五月，〈寫成一個老作家〉當成文字事業自我期許終篇，我在心中竊喜，阿嬤還活得好好的，並不知當時人在臺南的她已進彌留狀態。同時我也開始續寫這篇〈為阿嬤做傻事〉，停停走走，心神不寧，幾度將檔案移至資源回收桶，我的直覺告訴我——得回臺南一趟了。

那是六月，我例行性到養護中心看她，騎車經山區平埔公廨，發現今年果子盛產：玉文、愛文、金煌、新品種芒果，那是六月火燒埔啊，島嶼如熔爐、高溫飆四十，電視紛紛傳來遊民熱死的新聞。

阿嬤突然在六月二十三日早晨七點多，於前往醫院的救護車上休克，同天十一點二十三分病逝家中，一路我隨侍在側，精神地協助父母親辦理後事，心中有個聲音浮現：阿嬤已經為我完成「六月有事」了，苦撐一年不是什麼媽祖神跡、醫術高明，而是滿足我魯莽的語句、任性的修辭。

為阿嬤守喪的日子，工作移回臺南，逼自己寫〈為阿嬤做傻事〉，文章前段她活著，再開筆阿嬤已不在了，書寫過程十分折磨，我常下樓到阿嬤設在客廳的靈堂，襯著誦經錄音凝視她的相片，一下告訴她，我不要寫了；一下求她讓新書順利出版。不寫是害怕寫完阿嬤從此消失不見，渴望完稿的決心卻也十分篤定：想像的掙扎、記述的鬱結、南國的酷暑，情緒全無出路。記得我早上處理新書編目，下午趕至葬儀社校對阿嬤訃聞，同時使用兩種文字立體化阿嬤的故事，我Hold住、不垮下來，我只不明白天氣為何炎熱至此？臺南曾經這麼熱？坐低溫二十冷氣房敲打，大口吞冰塊消暑，其實是一段很難受的日子。

八月，想放棄〈為阿嬤做傻事〉，熱度不降、政府議定高溫假可能、中暑虐兵新聞讓全民共憤，高溫持續上升。守喪期間的暑氣為我帶到了臺北，二十年來體內到底囤積多少臺南的餘熱尚未散去？腦筋一轉，為自己找到了書寫的理由——將熱力傳出去吧！以阿嬤名義傳至閱讀的你的手中：當火種、作引路、可保暖……這也是我為阿嬤做的最後一件傻事，她將在我的文字永遠存活。

天氣、很快入秋轉涼了。

## 長夏桂花阿閔呦

直至阿嬤都不在，我還不十分明白，何以她有個小名叫桂花？

會喊她桂花都輩分高過她、按照仙逝次序曾祖母、姆婆、姑婆、伯公。

全世界膽敢喊她桂花的現下只剩我了。

當我年幼，我是大人口中沒大沒小的囝仔，報電話喊本名，見了親戚攏不會叫、沒人知曉我實是生性害羞，喜歡喊阿嬤桂花亦是一種親密性。客廳內大家聽了覺得有趣，阿嬤作勢打我，也被我逗得開心。

我喜歡逗阿嬤開心，除了喊她桂花，每天在家洗髮完畢裹條毛巾躲門後，故意她讓發現，她喜歡評點我頭上那坨殊怪造型，據說像極從前她在頭社的平埔姊妹仔；下午三點是養護機構點心與卡拉OK時間、過年前全家大陣仗看她，現場病患少一半，大家都回家圍爐了，乾放伴唱帶半天沒人點歌，我應該大方高唱翁立友楊宗憲，卻靈機一動拔起了麥克風，轉身遞給四歲小妹，說、大聲喊阿嬤：

阿嬤！

山區分貝來回撞擊阿嬤聲響，驚動午後電纜線上盹龜的鳥雀，天地山川都醒了過來。我跟小妹說擱卡大聲耶，天真小妹不堪激、扯破喉嚨近乎引來護士關切，在場父親叔叔笑到顛倒，我忽然鼻頭一陣酸楚，不是惡作劇但此行徑讓人想起電子琴哭墓。

不久前，中正紀念堂謝平安露天搬演《人間條件一》，劇中飾演兒子的李永豐與同時分飾母親女兒的黃韻玲有場極其感人對手戲，內容大概追述李永豐為人瞧不起的童年，肇因於母親年少一場畸戀，因而出門總有人隨他身後唱起臺語童謠：桂花仔桂花仔討客兄，生一個阿呆無卵葩……

坐在遠處草地、視線不明，我聽了心頭一驚，是這樣嗎？我只聽阿嬤說過最早叫她桂花是曾祖母、桂花是嫁至楊家後被賜予的別名；是這樣嗎？桂花用意就像招弟、阿孽、罔腰罔市般象徵臺灣女性特殊處境，桂花兩字於阿嬤是二爺爺一段情感的禁忌，子女從不觸碰的家族隱喻？曾祖母為此賜她桂花讓她走到哪裡讓大家都喊到哪裡！而我竟錄音機般桂花長桂花短地叫了好幾年。

所以阿嬤微笑作勢打我並非怪我沒大沒小，我也常喊父親本名呀；實情是根本我不斷提醒她三十幾年前荒唐的選擇，那直至在世最後幾年才漸漸為子女了解的死結。一次次桂花喊聲都像領她重回民國五六十年臺南大內三合院現場。戶外劇場雖寒流來襲，我仍全身重汗，捷運上腦海流竄桂花仔桂花仔討客兄，生一個阿呆無卵葩……

長夏伊始，在養護中心的阿嬤開始減少戶外活動，鎮日躺床上，經年透過鼻胃管餵食的她體重驟減至四十公斤，臉頰凹陷，我笑說、阿嬤你瘦得親像猴，可不是，阿嬤就屬猴，目前樣子也頗有猴形，連同阿嬤、臺籍護士在內全被我逗得呵笑噗噗。更多時候，我們大眼瞪小眼，交換罐頭問題：吃飽沒、當時轉去臺北、騎車小心。終於有天我忍不住湊近她的耳邊喊她、

桂花喔！

她眼神瞬間精得，只差沒有坐起來，揮動戴上防抓手套的上肢打我。我想她是開心地，這麼多年過去，還記得阿嬤叫桂花！再說桂花兩字專屬我們祖孫的密語，就像她喊我永遠是阿閔呦，那呦音一出來，人在荒地溪邊野得不見人影的我也知阿嬤在找我。

阿閔呦……

二〇一三年六月二十一日傍晚五時，我獨自至頭社探望阿嬤，阿嬤陷入昏睡，任憑我喊呀搖呀皆不醒，前後停留不到五分鐘，當晚返家告知父親。

二〇一三年六月二十二日傍晚四時，我與父親同車再到頭社，藍天白日老人出洞曬太陽，沒阿嬤身影，進病房，阿嬤意識清楚，只不斷流涎，我問她知道我是誰沒？她嘴中含糊一坨字句、她轉以點頭，給我回應。我到護理站尋求幫忙，評估狀況，火速推來醫療機具，父親閃身而走，那天也是阿嬤生病幾年來，我初次完整目睹阿嬤抽痰過程。

遂看見一條細管伸入阿嬤口腔、咽喉，啟動開關，嗡嗡聲中，護士先試探性前後搖晃，接著突地下探：我看見捲著血絲的液體不停咻入外接透明容器；我看見阿嬤表情就像跌落埤塘、為痰水溺斃的曾文溪災民，五官曲扭、雙手拍床：她在向護士抗議、還是向我求救？我不明白了，為什麼總有這麼多痰？為什麼從前力大無比得以肩扛座水塔的阿嬤會敗給一坨痰物？我愣在床頭，不敢妄動，一分鐘後抽痰機終於停止運作，白衣護士完事輕輕飄走。

強裝鎮定，走了過去，連安慰的話都說不出口。

低頭問阿嬤知影我是誰沒？（為什麼阿嬤定要記得我是誰？為什麼探病經典臺詞永遠是拷問病患認人能力？）

神清氣爽說出我是阿閔呦。

二〇一三年六月二十二日傍晚五時，父親與我離開病房，據養護機構說詞，阿嬤陷入開始長時間昏睡，直至二〇一三年六月二十三日清晨六點半為發現全身抽搐不已，十一時二十三分阿嬤離世。

寫到這裡我才驚覺，阿嬤抽痰後唯一一句話，阿嬤人生最後一句話，是喊了我的名字。

## 二爺爺少吃的一碗冰

路人甲乙永遠比我更清楚二爺爺到底是誰。

案例一：比如小學四五年級，住家附近青年設計師初開時尚理髮廳，婆婆媽媽紛紛前去朝聖：染髮、燙鬈、換造型，威脅傳統家庭理髮業。一次，趁非假日，我也前去例行性打薄、剪短、鬢角推乾淨。室內設計頗講究，店面促狹，冷氣開放，我覺得溫度有點太低了，同時間，一名年約六十該是做田蓬頭垢面中年阿伯在理髮，大概也是初體驗吧，逕說場面話拷問青年設計師來消磨冷場空檔：什麼這店租多少啊？你誰的後生啊？一來一往，然後講了句——聽說這附近有個姓李的，被人招贅，你甘知住叨位？

坐隔壁，罩著理髮黑衣如死神造型的我豎起了耳朵、直起了身子，動物性本能告訴我應挺身接話：住我家啊！以及姓李的沒被招贅，你毋通黑白講！

案例二：專欄撰寫時，幾次提及被我寫作偽爺爺的二爺爺。一次回臺南，機車停妥了騎樓，午後靜靜的村路引起了騷動，因馬路斜對面一老嫗一老翁見是我：作者本人出現了。隨即話起近日專欄內容，我慌地不知如何面對，該上前致謝還是加入討論，最後聞聲——他寫那假阿公就貴木啊、貴木喔？貴木啊死很多年啦！

這事件讓我反省一陣時日，我是不是做錯什麼。

不如讓場豪華喪禮來告訴你二爺爺是誰吧。一九九九年曾祖母出殯，二爺爺返家奔喪，當時膝蓋甫開刀、裝鐵片的他吃力握緊扶椅呆坐騎樓，我在旁看著葬儀社人員幫他換上了適切的喪服——連身白衣白褲頭頂白帽，就像名廚師。一切都是隱喻：語言、服裝、肢體……二爺爺是曾祖母女婿，二爺爺是我早逝大姑婆夫婿，是我的大丈公。

所以某個畫面常讓我失神：客廳內百歲曾祖母坐在客廳、阿嬤搖著兄弟象的加油扇、二爺爺正盹龜。靜靜的午後的村路，遠方工人在新鋪柏油，熱的柏油，農用鐵牛轟隆隆駛過、拐杖聲、打鼾聲、空氣浮泛著腐爛芒果香，成為日後困擾我的原初鏡頭，為什麼呢？曾祖母姓陳、阿嬤姓林、二爺爺姓李、我姓楊，四個不同來源臺灣女子男子，何以聚集五坪不到小客廳悶不吭聲？

存在於二爺爺與阿嬤間的情感形式與內容到底是什麼？上述質問我在〈長路〉、〈等〉篇章述及，無須再言。

大三那年，二爺爺過世，享壽八十四，自他離開我家恰好十年整。我搭統聯南下獨自來到二爺爺停棺的靈堂，靈堂外無人看顧，靈堂附近為文旦樹圍起，那是四月，文旦花開的季節。

當我年幼，每天坐上二爺爺機車陪他回老家是長夏假期最快樂的事，迎面吹沁心脾南風、看龍眼色田埂、閃電狀蜥蜴定格在肥料袋、農藥罐上：那條路一邊是白色長堤曾文溪，一邊如熱帶動物園，而我像坐上遊園車看豬圈、鹿寮、羊圈、狗群、兔場瞬入我的腦海、肥沃我的想像、營養我的筆耕，現今沿路已是久無人居三合院、拋荒地、或是開滿象徵休耕地帶向日葵花海了。

當我年幼，二爺爺因是老家那邊鄰長，贈送的報紙成為我的晨起讀物，《民眾日報》與《中華日報》是我接觸外界重要媒介，他回老家後，報紙為我們續送。

我們也到高雄立德棒球場看俊國熊對抗三商虎、到善化國小看少棒聯賽，二爺爺可謂資深中職球迷，同時支持兄弟統一。

來自二爺爺的愛由我與大哥獨享，他那二十餘名內外孫通通沒有，這又是為什麼？

二爺爺死後，我偷偷注意阿嬤的反應，比方她開始停止每日坐騎樓看人群的習慣，她說：「免得人家講，有法度行到亭仔腳，沒才調跟伊上香！」二爺爺雖已離家十年，偶爾還從他各個兒子家搭乘興南客運直達我家，買回無數名產給阿嬤，二爺爺也會對七十歲身材走樣、且已開始因頻尿著成人紙褲的阿嬤上下其手。

忍不住我問阿嬤、摟住她，伊卡早對妳好無？

她答袂穤啦，我的白話文翻譯：還不錯。

我想起來了，小學四年級吧，一次為中元普渡採買，二爺爺騎車載著阿嬤與我三人進軍善化，我們去了當時仍得手持軍公教證件的福利中心添購泡麵罐頭衛生紙，固定去仍在車站附近的牛墟市集買顧腳黑藥丸、吃碗藥膳排骨，最後一站才到善化早市。阿嬤一人走入市場，二爺爺習慣載我去逛藝美書局，再與阿嬤會合市場口。善化早市至今仍是我們生活物資補給站，我不記得阿嬤有否順利買到大內山區不易採購的菜什，但我永遠記得以下畫面是這樣的——

藝美書局本日公休，很快掉頭市場。初始路口不見阿嬤身影，概是在著名鹽水雞肉攤排隊吧？概是被延誤在花枝丸、烤魷魚、現撈仔海產攤位？二爺爺機車剛熄火，切到馬路邊，我們的視線同時發現阿嬤一人低頭吃剉冰，她正坐在騎樓下那攤古早味冰店。

洗了三十年衫褲、煮了三十年飯頓，不過為自己吃碗冰，第一碗親自挑料的剉冰：粉粿、紅豆、煉乳，我知道阿嬤最怕熱。

阿嬤看到我們、突然緊張起來，大口咬冰、滿嘴仙草愛玉像誰催促著她。

像被抓包的阿嬤，狼吞冰塊的畫面、倉皇的神情，十多年過去了，想起來仍十分難受。

二爺爺發動著機車，臉色頗為不快。

機車後座的我多想跳車告訴阿嬤，妳寬寬仔吃呀、我等妳。

## 家屬答禮與赤道孫女

二〇一三年七月五日清晨七時三十分，阿嬤舉行公祭。

天氣酷熱，公祭場內七支大扇同時運轉，自動噴水設計讓家屬消暑、鮮花保濕。

我因孫輩無須列席答禮，襯著十五人儀隊演奏，曲目聽得出有〈家後〉、〈感恩的心〉、〈感謝妳的愛〉……我在騎樓蛇來蛇去：穿梭電子琴、大小鼓、伸縮喇叭、一座座樂譜架間，雙手交叉在那探頭探腦，督工姿態大概給樂手很大壓力吧；又跑去牽亡歌仔那頭，和休息中的小旦、紅頭仔法師聊講，心底狐疑到底有沒有放錄音帶。

更多時候我一人守在阿嬤遷至會場的棺木旁，我爭取一張蓮花被蓋在阿嬤棺木，不讓棺木出門光禿禿，阿嬤生性畢竟害羞。

我也看到很多久別的親戚、叫與叫不出稱謂的，舅公率隊的「外家」總共來了二十多人，據道士說是破紀錄，且不顧外家不送行舊俗，全都跟到了火化場，他們喊阿嬤大姊、大姑、大姨、無數身分總和在在述說阿嬤此生樸質、低調、不計較、自我犧牲、無限給予的為人。

公祭現場設馬路邊，我也幫忙接待賓客、交收奠儀、引導車流，直至聽到公祭單位來到了阿嬤生前最後居住的康慈養護中心，心頭湧出一陣酸楚，我在場外踮起腳尖尋找阿嬤的看護身影，父親九十度鞠躬，姑姑哀至暈厥，那些護士們是我心底最想感謝的人。

最想感謝的人、還有兩位曾居家看護阿嬤的印尼姊姊，一個是阿妹，一個是淑喜，她們是楊家遠在南洋的親戚、阿嬤的赤道孫女，她們與阿嬤都擁有熟酪梨膚色，看上去更像一家人，且讓我以拙劣文字道聲謝謝妳。

## 阿妹

阿妹在二〇〇九年聖誕節深夜離開我家之前，她還幫阿嬤做了最後一次罩口糞袋的清理、甚至換上新的尿布、理齊冬日衣物、蓋妥昂貴毛毯，逐一完成分內事項才騎上淑女車往不知名鄉鎮狂奔而去！

事發後，我最在乎的一件事並非阿妹是否失職失責、阿嬤後續照養問題，而是阿嬤好不容易建立起來的友誼、是否因阿妹遺棄再度自我封閉？

阿妹個性開朗、平時最愛同阿嬤分享她存在手機內的男友相片，阿嬤偷偷告訴我、每張攏生得不同款呢！

因阿妹幫忙，我們得以在過年出動兩臺車載阿嬤到她掛嘴上的南鯤鯓，那真是浩大工程，阿嬤仍插著鼻胃管，剛到代天府就吐了全身。阿妹漢草大隻，只有她能將更大隻的阿嬤抱上抱下。

因阿妹陪伴，我大學畢業那年夏天，每日下午四點固定陪阿嬤吃完葡萄、三人合力推她上街，為此我學會許多推輪椅的撇步：上下坡、急轉彎、阿嬤病前從不上街，她幾乎沒朋友，病後三不五時約我要出門「行行耶！」一定要去的當是庄頭廟朝天宮，彼時仍重建中，神像安座在臨時鐵皮屋下；一定要點香，阿妹因錯把三炷香倒插香爐引來阿嬤訕笑，我還有錄影存證，後來這事成為我小說破題場景。

我不跟隊時，阿妹仍習慣推阿嬤至大內國小榕樹蔭，彼時庄內同樣來自南洋的姊妹紛紛準時到來，開起了同鄉會、玩手機、有多少看護即述說鄉內有多少老人：中風的、插管的、失智的……

漸漸地，阿嬤開始不喜出門，尤其迴避到學校，我問不出根源，一日故意慢了半小時跟到學校，卻見現場數十輪椅車隊，阿嬤身陷其中，阿嬤輪椅與住在我家後院老翁並排，恰好讓我看見老翁在拍打阿嬤的肩頸、膝蓋、伸手所及之處，我趕緊將阿嬤推開，原來阿嬤被騷擾，我說、阿嬤妳安怎被佔便宜也不講，同時想起二爺爺。

當晚，我嘗試跟阿妹比畫，男女授受不親的道理，在阿嬤身上尤其敏感的原因。因溝通不良，最後只說離遠點、離男人遠點草草當結論。

雖如此，我實是懷念四年前那夏天。阿嬤至少意識清楚，大家圍在她的腳邊，聽她說話、任她指示，小嬸生出一對雙胞胎，我考上臺大，家運由黑翻紅，若說有鼎盛時期就是了。我永遠記得小叔初抱回強褓的大妹，平時總需人攙扶方得以坐起的阿嬤自己彈跳起來，她好開心呀；我五十萬文學獎公佈那天，母親獲知消息立即奔告阿嬤，她說、我就知影五十萬一定阮閔仔的！阿嬤從來對我最具信心，沒人相信我能考過機車駕照，直線七秒一定倒，就她說我行；有段時間，她最喜跟人炫耀每日午餐都由我親送，東海大學她永遠記成是國立。

都不在了！

阿妹走後，母親從村落同樣來自南洋看護姊妹蒐集線索，輾轉得知阿妹人在彰化一間小吃部伴唱陪酒，我知道外籍看護逃跑背後因素錯節盤根，我們從不怪罪阿妹，發現幾包平時討吉祥枕頭底紅包亦不翼而飛，人都要被火速送去養護中心的阿嬤還體恤地說、當作乎伊坐車用啦。

這就是阿嬤，錯的永遠是自己。

## 淑喜

阿嬤住進養護中心後，最讓我訝異是她對陌生環境的適應力，屢屢獲得養護中心人氣王，阿嬤配合度高、不穢語、不躁動，更重要是外籍看護都喜歡她，幾乎每天都在玩互說「我愛妳」的遊戲。外籍看護一句、阿嬤妳知影我誰人？阿嬤即答：「妳是我的好朋友。」醫療空間海報牆貼滿團康活動照片集錦，阿嬤照片量最多、最生動：清明節大口吞春捲、外地歌舞表演用力擊掌如猴，重陽節敬老活動頭戴一頂小丑高帽、半點不像她在家鎮日昏睡智識退化厭食的模樣。

淑喜看護阿嬤一年多，最讓我訝異的則是她不同刻板印象中外籍看護講電話、愛絞摎ká tsang（聚眾意思）、甚至私下兼外務等偏差認識框架。淑喜少言、甚至沒有朋友，自從她的隨身聽故障後，母親擔心她思鄉而照三餐串門子，我搬來一臺電視。

唯一興趣是繞彼時剛出生兩位雙胞胎妹妹玩，甚至主動泡牛奶、換尿布、佈置嬰兒房，我有幾組照片非常經典：鄉間大道上淑喜推阿嬤，我推雙胞胎妹妹，輪椅車嬰兒車吃掉整張馬路，引來無數路人驚呼側目，也不管後方回堵機車、牛車、宅急便與鐵牛仔，竟還引發小塞車。我心中得意至極，這是炫耀了！

淑喜其實不愛推阿嬤出門，淑喜怕熱，我說阿嬤也怕熱，那沒關係。抱阿嬤起身次數也很少，該有復健動作也初一十五，其時大家忙開了，阿嬤生病初始那份熱情逐漸退去，我們偶爾會談到花費的問題。

淑喜二十四歲，不如阿妹漢草，長髮小骨架，剛在印尼結婚，她的先生人在高雄港工作，曾來大內探望淑喜，父親說要請吃飯，淑喜害羞躲了起來。

淑喜家中當大姊，下有一干弟妹，母親遂將我高中時期愛風騷全沒穿過的潮踢板褲讓淑喜寄回赤道國家。母親知淑喜個性叛逆、孤僻、很有主見，據說她的婚姻也是力排家族眾議完成的，與先生到臺灣打拚像度蜜月，至今仍跟娘家不愉快。

淑喜讓我想起我印象中許多大我十幾歲的鄉下姊接，祖父母仍在，父母也還在，結婚算天大決定，工作在鄰近善化新市，未曾想過生小孩，淑喜說她最小的弟弟剛滿五歲。

漸漸淑喜眉頭不再深鎖，她喜歡與母親相約逛夜市長談，天天繞著小妹玩。

我們開始將目光聚焦兩位小妹的發育，新生的喜悅，鎮日親戚川流不息，大家來看雙生仔，生活周圍盡嬰兒禮品，才一歲不到我也買來無數一二三數字本、連連看、注音符號，發豪語說妹妹以後升學就業都讓我出力。

我真能說大話、膨風水雞，最愛對家人畫大餅。

小妹開始學說話，她們一個叫淑喜姑姑，一個喊淑喜姊姊，姑姑姊姊攏好，甚至要淑喜抱著哄騙才能入睡。她們語言環境如此混雜，現下大妹四歲不到已能沿著馬路找人攀談；小妹口吃嚴重、表達能力不佳，日後等待她們的還有教育、認同問題。其實淑喜與小嬸國語也不好呀，有時我在客廳半刻時間不到直覺腦脹頭暈，所謂多方交涉、和諧溝通並非易事，我如此幸運得以親身學習。

阿嬤健康狀況掉很快，緣是我們集體疏忽了，二度引發胃潰瘍、罩口周圍的皮膚發炎，本能自由吞嚥的阿嬤再次面臨重裝鼻胃管命運，最後因家中設備不足以應付阿嬤病體需求，我們決定送她再回養護中心。

淑喜年限未滿，沒有續留臺灣意願，母親問她回印尼做什麼，附近有幾個阿公需看護，妳還可以來看妹妹。

淑喜想了一下、字句清晰地說：我想回去生小孩！

## 砌座農舍，以一張清白衛生紙

這事大概只剩我記得了。

二爺爺歇居我家三十年來，直有消化方面難題，他無法於任何一座馬桶上順暢排便。

也稱不算便秘、大醫院檢查說腸胃沒問題，現下想來該是心理障礙吧！回原生老家廁所狀況類似，最後只好到平時由他耕作當運動的愛文園方便。

那愛文園砌座水泥農舍，農舍於我亦有致命吸引力，農舍造型訴說地主財力，有些農舍內建浴室臥房，暗夜挑燈開牌局、近年多數農舍轉型蓋民宿，也有那豪宅登記成農舍，是我的農村地貌演化功課；我想像自己有朝一日也為自己蓋座文學農舍，逐日與農作物出版品為鄰，夏日揮汗收成菓子，冬天攜家出門旅行，春秋兩季則在看書寫字中度過。

我的農舍知識來自二爺爺，他至少擁有三間農舍，格局類似土地公廟，是農舍的基本款，我在屏東一帶看到農舍築在檳榔園中央，還養一隻活蹦亂跳土黃狗，二爺爺農舍沒有狗，內頭堆放噴霧機、柴刀短刀鐮刀，農耕用具展示館，鋤頭和衛生紙，平時上個小鎖，鑰匙藏在門邊雨鞋內。

鋤頭是二爺爺掘糞坑的工具，成堆成塔舒潔衛生紙在土色系農舍顯得格外亮眼。

小學時期，固定下午三點半，我都陪二爺爺來排泄。

通往二爺爺的愛文園行經大內國中，三點多剛好放學打掃時刻，校門口有零星學生拿竹掃帚追逐，在大內國中側門我們轉進了龍眼樹隧道，不遠處就是曾文溪了。二爺爺的田皆鄰近曾文溪，取水便利，每年光靠收成小黃瓜與哈密瓜得以買下無數透天厝。

出了龍眼樹隧道，卻見兩邊田地無數積水，隱隱約約的水流實是曾文溪微血管般的支流，支流游著蝦、魚、螺。西北雨、颱風季來時溪水暴漲，愛文園泡在水中，到達愛文園的產業道路寫來看似抒情、童趣，現場是坑坑洞洞、地基坍方並不方便呢。

我就在愛文園的農舍外頭，目送二爺爺扛鋤頭、腋下夾了衛生紙走入光線不明愛文森林，當年植栽誤種得太緊密，開枝散葉的愛文樹牽成愛文海，結果時園內成片白茫茫紙袋，我獨立於愛文森林中心等待。

等待二爺爺的時間，愛文樹上千顆萬顆白茫茫果袋，隨風飄動像吊死幽靈盯視於我：

「你是誰呢？」

「農舍的東西毋通黑白拿！」

「安怎跑到別人的田?沒家教！」

我想辯解，手指比畫愛文森林方向說是他、他是我爺爺！

等太久會以為二爺爺出事，便試著以農舍當圓心、以目視所及當安全距離走動，愛文園地上積有厚實的落葉層，脆滋地響聲，小心地步伐，不注意就踩到二爺爺的排泄物吧，我想。

樹林間，有時像看見二爺爺彎著身子、如《豐年》雜誌紹介臺灣農民形象，一鋤又一鋤，掩蓋他在我家吞食的消化物。

埋有二爺爺十數年來的糞便，是果園內天然肥料，夏天滋生出碩美的愛文。

二爺爺的愛文四處分送：他的原生家庭、遠近親戚、農業朋友，我們領親戚那一份。

當我年幼，有人笑他、肥水不落外人田，看似責備二爺爺的話，聽在耳內卻十分難受，二爺爺晚年為糖尿病症所苦，骨頭退化極快，再不能常到田園排便的他其生理煎熬與挫敗感受，我無法想像。

許從小我腸胃不佳，遂能體會他的苦，我不便秘卻常腹瀉，因胃疾童年在臺北榮總住過好一陣子。

二爺爺排泄功能具體說明了與我一家到底水土不服。

我花了幾年時間思索二爺爺之於我的意義到底是什麼？我們不停調整位置，更換視角，在倫理位階與身分名謂上玩大風吹，捨去了傷害與怨懟，我們其實都在努力學習與陌生共存。

回顧提及二爺爺的青澀文章，問號句型如田地因日曬龜裂的水管，大量噴射出無數個為什麼為什麼。

二〇〇〇年過後，因數度風災導致曾文溪氾濫，沿岸水難頻仍，開始了白色堤防工程。

沿曾文溪二爺爺總共為徵收四塊田，賠償金額難以估量。
愛文園農舍拆除後，二爺爺再無法以天地當糞場，這也是一種廁所的故事了。
白色長堤沒有盡頭！
白色長堤已經建好了！

## 瞑哪會這呢長

關於長期在床臥病的老人、關於臥病因而失去自理能力、歲時節奏的阿嬤而言，到底鎮日躺平的二十四小時，腦袋都在想什麼？

問題悶在內心三年，直至清明，一個白熱午後，我又來到她的床邊。

彼時她的精神狀況尚可，我們一問一答，最經典問句是、我聽講你老爸不工作了，你甘知伊退休金領多少？更多時候只靜靜坐著。我觀察無數其他來訪的家族隊伍，探訪活動如虛擬日常生活：帶開如野餐活動有之、全家合唱臺語歌有之、前後停留不到三十分鐘的卻最多數。

有天，就在我與阿嬤陷入長達五分鐘的沉默，終於忍不住問她。

阿嬤，我問妳喔，平常時頭殼攏塊想啥？

我手指自己腦袋，孫輩的白話文翻譯——平常妳都在想什麼。好問題，連專業看護士、物理治療研究生也想聽答案，阿嬤遲了兩秒鐘說：我就塊想，是安怎，天氣哪會這燒熱？

當我年幼，我便知道阿嬤怕熱，記憶中阿嬤永遠在擦汗、全身溼透，一天換掉無數上衣，她在灶前、廚房、金爐為火烘烤得滿臉紅通，她永遠喊我替她拉電扇直至最強一段。

有件事想到仍十分難受，那年我國三，每晚回家抱著收音機聽Touch廣播網、Kiss Radio，因晚睡所以能注意與我同住二樓的阿嬤。阿嬤房宮是我今生良心永遠的黑洞：進門即是床，不對，是壞掉的陷落的彈簧床，雙人大床一半拿來堆雜物，二爺爺未及拿走的衣物、獎狀，居住品質十分低劣，門邊舊式裁縫機上無數的藥罐藥袋，日光燈壞好幾年了，只剩牆壁長出一朵鬱金香燈罩，為晚年阿嬤給出衰弱光絲。

寫下的文章情緒也十分激烈，多怨怪自身無能改善，直至阿嬤再也爬不上二樓，她都在悶熱蒸溽環境中輾轉難眠。

夏天來時，每天阿嬤在客廳同我們分享說窗戶打開、涼風大量吹來如何爽快，後來又改說她坐到陽臺，涼風更涼，有時直接在陽臺趴睡到清晨四點才踱回房間。

當時聽不出話中無奈，還以為阿嬤喜歡看夜景。阿嬤從未奢想過裝臺冷氣，想過、概也不敢說出口吧。我知道姆婆、嬸婆都有。

我在陽臺陪她吹過幾次風，決定直升高中部後，心情分外輕鬆，拉張椅子，日日與阿嬤坐看臺南山區夜色如看露天螢幕，共吹夏夜晚風。我喜歡聽阿嬤講心事、講夢，阿嬤壞眠多夢，即使吹風身子不斷出汗，可以想見房內多熱；我也可以聞到她身上臭汗酸，其時附近朝天宮為建廟開壇，鑼鼓聲響中緩緩講起了親阿公的事、二爺爺的事……

七十多歲的阿嬤就趴在二樓後陽臺、紅欄杆、吹風睡過了一個夏季，少女樣態像等誰歸來，溽暑偏鄉山區，這是〈暝哪會這呢長〉的故事了……

## 天光大內

五點，我下線。同個時間大內一姊推門進來飆人：「已經五點，我攏睏醒，你擱還沒睏！你也是玩電腦玩到走火入魔啦！」沉睡的鄉下開始傳來溫柔的雞鳴，多麼美麗的清晨時光，我聽見大內一姊中氣十足的喝斥聲。大內一姊拿著扶椅走往上了霧氣的院埕，像走進仙界，到達大廳。我跟著她的腳步走進大廳：「今天有人要回來了。」

……

阿嬤出殯清晨，五點不到全家皆醒了，像日常作息，我躺在床上聽見父親經過了客廳靈堂，聽見他將鐵門拉開，我把睡身邊的大哥搖醒，兄弟在樓梯間遇見更換黑衣的母親。我因失眠，一夜手機上網，下樓急吞了顆普拿疼。今天是阿嬤大日子，我得有精神！

輕輕地踏下階梯，大家都醒了，還怕吵醒了誰——

怕吵醒睡在棺木內的阿嬤，阿嬤今天要移靈柳營火化。

今天我們要送阿嬤出門。

阿嬤，今天很多人都會回來。為她燃起第一炷香，我在心中說。

告別式會場前晚業已搭設完成，出家門，我走在清晨薄霧村路，一個人到住家同條路上的富林漢堡店，買從小吃到大的營養早餐，老闆娘見是我，瞇眼說、阿嬤今天要出去了，我笑著點頭。

薄霧中看見大內街道，在我眼前盡是陪我長大的麵店、市場、五金行、西藥行……這裡有一切故事的線頭，我完成小學教育、初次寫作即因在網路架設一座名為「天光大內」的部落格，它讓我以文字以圖像再次認識大內一草一木。「天光大內」實是我與阿嬤集體創作，彼時我日日採訪她，日日捧著史料文獻與她的親身經歷角力。

天漸漸光了，人都在霧間走動，天氣不錯呢，阿嬤有福氣。

我提著早餐走在回家的路，薄霧中望見阿嬤告別式場內巨幅的超大的遺像，這輩子頭次當主角，一步步我向她靠近。

距離一百五十公尺可以看到阿嬤遺像的下巴，阿嬤有雙下巴。

距離一百公尺可以看到鼻子、嘴、雙下巴，那是阿嬤七十歲左右的相片，她身穿棗紅色碎花上衣。

距離五十公尺便得以看到阿嬤完整的臉部，好巨大的阿嬤在對我微笑。

趕緊退後幾步，視線所及阿嬤只剩下鼻子。

又退後三四步，只剩下阿嬤的衣服。

像看見更多人回來了，空氣中飄浮花香與鬧熱的分子。

看見路邊無數轎車在找停車位。

工作人員出入，大家準備了。

我想起姑姑在阿嬤過世當日，聞訊自高雄奔喪而來，她十九歲就嫁了，今年滿六十，幾乎全身癱軟倒地，連依習俗匍匐進門力氣都沒有，叔叔父親都趕去路口將姑姑架起。

天光了。看我長大的阿姆阿嬸，一個個路邊住宅行出來，她們一句句傻氣的問候、簡單的提醒，讓我也無力走回家門。

是什麼提醒呢？
她們說，早。
她們說，富閔、阿嬤出門以後，有時間，你還是要常回來。

# 第二輯

# 活成一個好命婆

# 菜瓜黃花事

不是波斯菊、太陽花的兄弟象黃；也不是阿勃勒、風鈴木花落如急雨的皮卡丘黃，我要的黃是俗擱大碗、隨處可見的菜瓜花黃。菜瓜花開在幾月？九月初回臺南，大熱天沒事我喜歡騎機車沿省公路去眺望別人家的田：葫蘆埤的吊橋菱角園、安業的文旦園幽深如迷宮，無意間我在海埔撞見一片攀牆抓地的菜瓜花花海。

若收成定有百多條菜瓜，我想妳會很開心。

妳曾有座白蝶飛的菜瓜棚，它搭在舊時古厝旁的雞寮頂，是我童年「覓相找」的藏身處，棚上棚下神經似蔓延粗如水管的菜瓜莖、飛盤似的菜瓜葉、和一朵朵巴掌大的抓皺菜瓜花。

我偷偷注意抓皺的菜瓜黃花很久了。

我不去看妳也很久了。

六月全家從死神手中將存活率只剩百分之十、且老早嚴重敗血症的妳救回，加護病房內，小叔與我初次靠得這麼近，我緊挽他的手看著醫生將戴在妳臉上達兩月餘的呼吸器摘除，醫生說：「不拔呼吸器就氣切，拚不拚？」拚，拔除同樣高風險，但全家不需溝通極默契為妳的一口氣拚。

醫生稱讚妳求生意志強，生命力旺盛如菜瓜藤，我不懂，我以為妳根本不玩了。那時妳剛病倒，因嚴重腸壞加潰瘍體重山崩二十公斤，我們匆忙申請看護，並將妳最討厭的伯公遺屋改成臨時病房。會是阿妹仔要去臺南替期滿將歸的印尼朋友餞行，妳知道我代班，頻頻提出要求：喝水吸管太短、趕蒼蠅、抓背，妳要我為妳抓背，只因臥床過久難以翻身，背部嚴重過敏起面積大如菜瓜葉的紅疹，為此我特地去買三支「不求人」，恨不得多出三隻手。那個下午我蹲在妳的床邊扮演智巧的乖孫，窗口風來我聞得見尿騷與罩口袋裡的屎氣，努力抛出天問訓練妳的腦力：「妳幾個弟弟？」、「幾歲嫁來大內？」全部答對，沒有癡呆問題，我又追問：「妳生幾个囝仔？」妳用手指比畫兼開口：「三个！」我拍妳的肩像「換帖仔」虧說：「外面沒偷生齣？」妳終於晏晏笑出聲來，隨後嘆大口晦氣說：「來死卡快活。」

我嚇得渾身發抖，忍住眼淚低伏身子說：「阿嬤妳會吃到一百零四歲，比阿祖卡好命，多吃妳大家（婆婆）兩歲！」

那也是妳初次有厭世口吻。當乩童、妳最疼的小舅公來看搖搖頭，我跟他說：「阿嬤很好，你常來。」平時少借問，忽然來探的天邊親戚以充滿隱喻的目光掃視，我感覺他們像說：「毋知擱要開偌濟錢？拖偌久？唉……」若真聽見，我鐵定回嗆，不只是尊重病人如妳，還包括保護替妳勞心難眠的父親、母親、小叔。

全家一起病妳的病，病人家屬也是病人。

呼吸器拔除三秒後，我隔口罩喊妳，神蹟般妳瞪大雙眼低沉出聲，雖然聽不懂內容但人是活回來了，醫生差點嚇死，我趕緊到外頭撥電話給父親，與妳有四十年心結的他，妳病後也跟著垮了，通話內我同父親誇妳精神好、說妳清醒就點名，第一個還點他，他笑了。五十六歲的父親是家族新病人，可我已無力再說，疲憊至極，只有醫院五樓窗外的柳營平原、莒光火車窟窿駛過的縱貫線好讓我心靜。

我將機車熄火，闖進無人吹風菜瓜花海。誰能告訴我菜瓜黃花開幾月？誰都不能告訴我何時妳將走遠，有情無情菜瓜花，阿嬤，我摘一蕊巴掌大的抓皺菜瓜黃花想到安養院送妳，才發現花心花葉竟已枯萎爛去……

# 老人會

七歲時，逢雙數週日大禮拜，我都得牽著九十五歲的人瑞曾祖母去參加老人會。

老人會就辦在從前日治時期庄役場，昔時的辦公處，當今變名為「老人協進會」的大禮堂。說是老人會，在老人尚未成為一門學問，養老院業未密集如加油站、養老金尚研議的年頭，聚會也不過是吃點心打包輪流，山中村落無現代娛樂概念，進場散會半小時搞定。老人會場袂似學生禮堂，閒置牆角有中華民國旗幟旗桿，投開票箱，白鐵水桶裝的羹湯用碗公大的湯勺舀，吃免驚的大麵團團圍著村內百餘名老人若逃難，而我牽著曾祖母人擠人來分一碗。

老人會小團體，六十、七十、八十歲數各擁一片天，曾祖母九十五了，自從她人生最後一個好姊妹阿釁仔被友孝兒子接去高雄好命，便只剩曾祖母一人拄著拐杖上老人會。那幾冬，外界正盛傳我們苦毒曾祖母，謠言放生曾祖母一人獨居：三頓、洗衫通通讓百歲人瑞自己來，為此惹來社會局慰問。實則曾祖母脾氣硬，她不愛包括親人在內所有噓寒問暖，她話很少，記憶裡她啞巴般從不說話，晚年嚴重耳背，臭耳聾讓我陪她在路上、在老人會大小聲像冤家，但多數時候她舀完麵羹坐在銀白鐵椅獨自吃著，無聲黑白電影片留我一人老人會裡外四處遊竄演著：我會去看人下棋，我也會去老人會門口那株欖仁樹下拾橄欖，幫曾祖母撿幾片提早轉紅的欖仁葉給她當扇子。

我從不跟著吃麵羹，多數時候乾脆坐定曾祖母身旁，待她吃完麵，幫她把免洗白色保麗龍碗丟掉，趕緊拖她走回家。

我從不吃麵羹尤其是被柑仔罵過之後，這代誌不算太大條，也許還小題大作，但柑仔是這樣登場的：

「攏袂見笑，吃一碗不夠，擱吃三四碗！」曾祖母在老人會是出了名能吃，只因獨居的她透中午先填飽肚腹，順勢晚餐能不開伙提早睡覺關電燈，而蟾蜍臉的柑仔則是我們祠堂小孩的天敵，平日見她都在罵人：廟口她數落外地來賣水果的攤販、路上見我們放雙手騎腳踏車她也要管，看似好心但柑仔對同她年齡最近的曾祖母懷有嚴重敵意，是啊，論輩分來說，整場老人會就我家曾祖母最資深，八十幾歲的柑仔被比了下去所以處處挑剔，不時大禮堂手腳比畫咒人：「九十幾歲擱這呢顧吃，一個吃不夠，還帶一個小的來湊！」、「笑破人的嘴，吃人夠夠，大人囝仔攏吃人夠夠！」

曾祖母和我在老人會被柑仔瘋女貌當眾洗臉，然曾祖母是聾了大概沒聽見，或聽見，九十五了要罵人氣也不夠長，但七歲的我字句聽得一清二楚。直至現在看到麵羹，我便立刻想起柑仔手端麵羹㨃啪叫的畫面，所以，我也不喜歡吃麵。

柑仔欺負曾祖母的代誌，很快被我樓頂樓腳播放菌散開來，大家悻悻然沒意見，阿嬤說：「反正你阿祖臭耳聾，當作沒聽到就好。」我頂嘴說：「可是我有聽到啊！」

柑仔越罵越誇張，開始當眾話起曾祖母安怎吝嗇、計較、苛薄，篤信觀音攏是在洗刷孽厄。柑仔老人會場替眾老人講述曾祖母生命史，先扯我家田地死守不願分，讓後代苦哇哇，還罵曾祖母是老查某、財產攬緊緊，大小心，第二媳婦死尪、尚可憐、尚歹命！

老人會眾聲雜沓，大家感覺柑仔講得真有理，大家攏同情第二媳婦——我那被曾祖母虐待的阿嬤。

曾祖母又吃了一碗麵羹，這是第四碗了。

我不相信柑仔說的，雖然柑仔嘴裡吐出的盡是我不知曉的事情。

坐在銀白鐵椅上七歲的我終於捺不住情緒，才決定動身回話，曾祖母忽然拍拍我的肩胛頭——復活似開口說：「來！擱去幫我盛一碗！」

# 人瑞學

## （一）我那ㄘㄨㄚˋ筋阿祖

曾祖母最愛喝波蜜果菜汁，我則愛聽她發出「波」字音時，鼻腔喉腔絕妙的共鳴，那定是經年拜佛老人才獨有的嗓子。曾祖母一次給我五百塊大量採購囤放菜櫥，不忘叮嚀我順道農藥行幫她揹一罐年年春，她常說：「我安怎死不去？」老提醒我將波蜜加白開水透壞蟲尅星年年春，綜合汁，她曾多麼渴望於野蔬、於毒藥、於我的手中，結束她百來歲的人生。

整整活跨三個世紀，記憶中曾祖母大概老到最極致，額度用盡不能再老，容貌如文史工作館展示的傳統婦女寫真，曾祖母屬基本款：裹碎花頭巾生出一張瓜子臉，滿臉褶皺像甲仙左鎮化石岩，曾祖母老康健，她九十五歲前能兩支鋤頭步行至花窯頂與西仔尾剷草剷歸日，過年獨自回古厝清掃半爿三合院，小凳子貼春聯，不時出沒我家灶腳清洗層層疊好幾日的碗鍋筷匙，有次我一人顧厝，她興來邀我搭興南客運到善化慶安宮旁打金仔，開口閉口見我即說：「過年，阿祖紅包要乎你上多。」我總湊近她耳邊，拉大嗓子，伸手攤開掌心說：「喔，多少呢？」

我阿祖很摳，不是行情價，紅包兩百元而已啦。

九十五歲之後曾祖母宅在家，人瑞沒有教科書，此時期她生涯規劃只剩三件事：聯絡道士，唸佛，還有喝波蜜果菜汁。

九十五歲之後接連失去談心姊妹淘，老人休閒概念一律報廢肢解，曾祖母自知之明是具活屍體，大白天趁全家士農工商，偷偷摸摸往返「師公仔」的厝，我家從前租地給師公經營道壇，曾祖母懂得套交情，小學生上臺報告似同師公生前交代生後事：除了抽藥引、主要她想一了與我溺死的祖父葬相偎的心願。這消息漏口風，很快經婆婆媽媽菜市場通路傳回客廳，全家孩哄般圍著曾祖母，老人囝仔性，知道惹了麻煩嘟嘴不應話，裝聾絕技又ㄘㄨㄚˋ筋，我們瞎焦急，誤會曾祖母迴光返照，輪流請假駐守在家。人瑞心似海底針，臺語講「挲無」，人瑞的家屬同樣沒有教科書，人瑞學對開枝散葉大家族而言是一門極陌生的學問。

快百歲的曾祖母也會有心事，孫輩父親給出一句短評，描容他最愛的阿嬤說：「她就是不喜歡麻煩別人。」

包括家人在內通通打為別人，曾祖母起碼兩百餘名子孫啊，萬項代誌自己來。實則她也歹剃頭，跟厝邊仔沒話講，埋頭漫度人瑞生涯，晚年獨獨疼愛我，惟我能清楚分辨她是否裝聾，讀出她七分心思；惟我能看穿她老人家其實懂得發揮長壽優勢：

比方一九九四，全家迎媽祖似護駕曾祖母到永康奇美健檢，這名乙未割臺後四年誕生的臺南查某步入現代醫療批價大廳立即生出草地人野性，父親挽住曾祖母右臂，我緊抓左臂，親友團蜘蛛網般以曾祖母為中心爛額焦頭，下巴張望掛號隊伍曲曲折折，誰知（好沒禮貌的）曾祖母逸離遊戲規則，脫隊演出，她拐杖敲打前頭扮相恍如剛從農會請假外出的口罩媽媽小腿肚，祭出激問：「妳幾歲？」根本沒有想等口罩媽媽回答的意思，曾祖母老痰一清，手指數隻再激問：「我九十五喔，欲讓我無？妳認為我會使等偌久？」

曾孫輩的白話文：妳認為我可以等多久？

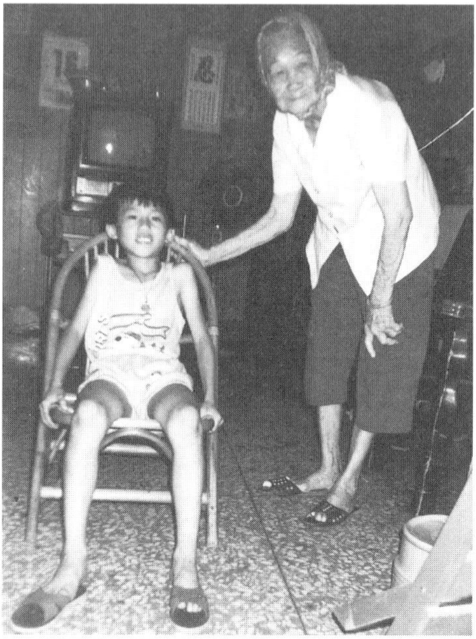

幸運如我，得以擁有來自百歲曾祖母的疼愛。相片中、客廳內、阿祖笑得這麼圓融、溫順，生命的弧度。惜沒有我與阿祖合影，圖人物是小學時期的大哥。

前方數十病患紛紛讓出

一條曾祖母快速道路，黃泉路，這臺南山區跳出來的女人瑞還真驕傲呢！

## （二）自動唸佛機

曾祖母七十歲左右喪偶，當時她不知道人生還將單身三十多個年頭。

晚年獨居一棟透天厝，她住二樓尾間毫無裝潢的五坪小房宮，小坪數。日常生活她用迷你瓦斯爐燒開水，父親尾牙抽中的大同電鍋給她款晚頓。曾祖母睡涼蓆鐵床，四角皆立細鐵桿，沒見過曾祖母牽蚊帳，倒是法會般披披掛掛七八件姑婆買的花衣衫，據說角落骨董衣櫥最值錢。每次踏進曾祖母房宮，我只管火速將波蜜果菜汁塞進菜櫥倉皇逃命，菜櫥內擺放湯湯水水，菜尾，菜尾嚴重刺傷我的良心，菜櫥上端有幅踩龍觀音，觀音前黑斑土芒果當供品，曾祖母禮佛於此，人瑞黃金時間管理術，打卡似早上六點傍晚五點歸排樓仔都能聽她碎碎出聲，瞧她床頭齊整折疊穿起來像蝙蝠的黑海青，我偷偷穿過，料質摸起來很像雨傘布。

我們都懷念曾祖拜佛唱詞，自動唸佛機，固定高分貝點名最資深大伯公而後大伯、我爸、小叔……直至最年幼小學生楊富閔，一門男丁活的死的從不忘詞，內容織編生辰八字、公司行號、交通工具、婚姻狀況鉅細靡遺如司令臺默背女孩，曾祖母一邊數珠一邊唇動串起臨終臺詞兼楊式家訓，她的登場獨白：「臺南縣大內鄉信女楊陳緞今年九十五歲拜託觀世音菩薩……」

幾次重點節慶：端午、普渡、中秋……我摸黑上二樓拉她下樓團圓，怕打擾她的抒情時刻，故意挨坐涼蓆模仿她合掌，曾祖母沒察覺，小宇宙繼續發展她與觀音私密對話：「我的大漢查某子、小漢後生，攏已經放我先去置菩薩身軀邊，我隨時欲來去……菩薩妳得來接我。」

菩薩不接她，菩薩獎勵她拜佛殷勤歲數加碼命很大，比方早前社會新聞常見黑心洗手檯唰地掉落，曾祖母不愛人攙扶，喜貼牆而走，一回如廁完畢天昏地暗失去支撐，重心往洗手檯歪去，我和準備出門的姆婆剛好在騎樓，老遠聽見砰一聲緊接傳來曾祖母孱弱哀號，我們快步竄入，但見曾祖母臥倒浴間仔口身上地上碎裂瓷花，其時曾祖母體重四十公斤上下，蟬翼薄的皮膚能清楚看見靜脈管路，菩薩根本不接她嘛，我和姆婆渾身發抖將四分五裂洗手檯從曾祖母身上一塊塊撿開，立正站好後的曾祖母可是半滴血都沒有流。

機器人曾祖母錄音帶般為家族祈福三十年頭，真正傳成鄰里佳話，她拜佛時間隨曾玄孫陸續報到不斷拉長，即時更新家族婚喪喜慶新聞，活跳跳故事家，我享受、閉目分析曾祖母字句，她是如此介紹默坐她身邊的小曾孫：「阮閔仔丁卯年出生，腸子打死結，國民學校三年甲班，保庇伊身體康健，讀冊一等。」

幸運如我，得親耳聆聽鬼門關前的人瑞阿祖，替落入凡間尚未十年的曾孫描繪人生遠圖。曾祖母的罣礙與心願在身體老壞後篇幅減刪，潛入亂夢地帶時醒時睡，但她不忘記年紀最小的我，且不失一生不求人的性格——踩龍觀音是市場素食阿婆送她的，曾祖母搬離二樓遷居一樓的心上事，便是要我挽著她將借了三十年的觀音相親手登門歸還，這人瑞還挺講信用的。

只是我常懷疑曾祖母半小時唸佛難道都不會口渴，看她唇角泡沫，忍不住想幫她開瓶波蜜果菜汁，遞上前說：「阿祖，妳的喙焦無？」

阿祖鐵定愣住說：「唉呦，你當時坐置這？害我驚一趒！」

## （三）過節

她們有過節，我是指曾祖母、美人肧姆婆和寡婦阿嬷。

過節證據是張我小心收藏新聞剪報，上世紀末重陽，《中華日報》綜合版副標特書「大內鄉長祝楊陳緞呷百二」，文圖並茂——襯衫西裝名錶男鄉長在右、緞帶十吋蛋糕符碼置前，畫面左方則是鎮日昏睡，意識錯亂女主角曾祖母被我阿嬷硬生拉起，概因身形過於瘦弱兼萎縮，導致衣衫不整小露香肩，陪曾祖母同登全國媒體的福態阿嬷體型是曾祖母兩倍寬整，盤據畫面正中央。對我來說，阿嬤才算主角，人瑞的媳婦退休遙遙無望，她款待婆婆六十年滿了。

我將剪報掃成數位檔，電腦螢幕前縮放，重返現場，其時一百零一歲的曾祖母已遷居樓腳客廳臨時改建的陽春孝親房，典型臺灣透天厝遭逢老人病變後的空間新配置，剪報可見背景有座廢樓梯，一階階拿來堆疊成人尿布與醫療材器，曾祖母晚年起居圖，攤在陽光底下，生活過的卻是三片鏽鐵門永遠只半開的山頂洞記事。

山頂洞記事一，由腸子通肛門的阿嬤代替受訪：「阮大家（婆婆）民國前十二年生，腳路歹，不認得人了，您毋通報。」不懂修辭學問，一輩子攏頇顢講話。後來阿嬤忍不住同我提起當年曾祖母如何偏袒姆婆，好康端走，我才漸漸意識到那婆媳合影之重要性在於見證阿嬤是模範媳婦，從來她就是六十年前喪偶後即鎮守楊家的女人。

山頂洞記事二，新聞段落：「看到楊老太太如此老康健，楊鄉長也喜不自勝。」、「楊鄉長表示，十四日將在走馬瀨農場宴請全鄉的老人。」全鄉老人包括老人老農年金行伍裡的阿嬤與姆婆，七十幾囉，同時限掛公文飛遞家門，村長亦親自報信，說得獎高手曾祖母除了蒙受鄉長表揚，還挺進縣賽，十四日正午縣政府將大隊人馬前來祝壽，楊陳緞這下變身臺南縣國寶級人瑞了。

不懂鄉長為何喜不自勝，舉家皆無開心氣氛。曾祖母住到一樓後身體狀況以重力加速度形式壞去，徹徹底底成為病人、病老人、病人瑞。人瑞送安養據說會被笑破嘴，但在尚未分清照料問題一年多時間，姆婆神隱，阿嬤二十四小時看護，保送曾祖母順利活過一百歲，我目睹愛與諒解：曾祖母金口只給阿嬤餵養、曾祖母病體只給阿嬤洗身軀……我母親後來跟我下註腳：「你阿祖，一輩子最掛心我們這口灶，我剛嫁來三不五時唸給我聽，說她煩心到睏袂去。」

山頂洞記事三，阿嬤擔憂兩次登報風頭被她搶掉，遂交代長媳姆婆十四日留守在厝迎賓發言，是日阿嬤大掃除芳香劑ＤＤＴ，二度提醒，再跟嬸婆團隊集合朝天宮廟埕搭遊覽車至走馬瀨吃辦桌。許多事情怕記者也尷尬落筆，我只能通過鄰里巷弄織編細節，發揮想像補出血肉。

所以結局是十四日正午阿嬤會驚見裝傻姆婆現身深山林饗老宴，重陽非國定假，家裡士農工商放空城，縣府官員與一群文字攝影記者初抵楊府，提著加大版十四吋蛋糕、字典厚敬老獎金，泡浸在濃烈尿騷的無光陋屋內將遍尋不著這名百二歲人瑞的任何家屬。子孫星散島嶼，天音傳來同情口氣「難道都沒人在家？」、認屍句型「確定躺床上的是楊陳緞？」、文明斷句「所以被棄養了？」。

曾祖母一人過節，渙散眼神看見床邊鬼差般幢幢身影，重陽日後她跌墜前彌留時光，七十多天後，她就走了。

## （四）一眼一世紀

曾祖母終於在九九年冬至清晨倒下，陽春孝親房變裝臨時停屍間，客廳就是靈堂。寒流來襲她穿九層壽衣禦寒，喔不，拜佛黑海青外搭成第十層，生前在家居士，法名惠緞，生後雙手鬆擺腹肚緊持佛珠一長串，我們排班，不斷電助唸阿彌陀佛。

大體平躺的曾祖母像隻息翼蝙蝠，福氣，髮髻是住安平幫人電頭毛的堂姑梳的，我阿嬤看了說：「真水，面形仔足好看。」我聽了好驚訝，曾祖母在我心中一直是漂亮的人瑞，卻沒想過素顏的遺容也有美麗的。入殮前我像法醫打量，整粒頭都快探進棺木：假牙卸掉的曾祖母下巴凹陷，唇縮如小籠包，有張臉緩緩浮現：「像！像踩龍觀音！」

「打桶」，孫輩父親叔伯白天上班，讀國一的我因腸疾請長假，恰好協助已八十餘的伯公姆婆點收奠儀，花圈花籃罐頭塔運至，我便筆記本拿著像抄電表工人，沿馬路謄寫公司行號拜輓名單。曾祖母高壽仙逝乃吾鄉盛事，另類喜事，放眼所及攏紅吱吱。晚上子孫東南西北小客車轉來，我們夜夜辦桌、燒茶配翁財記瓜子佐舊事，曾祖母斷代事，逐暝都開心地聊至深夜如除夕夜圍爐。

人瑞學休業式，渦形歸返臺南的眾親屬，懂得說該說的話，做該做的事：比如嫁至新化的小姑婆，是曾祖母最疼的女兒，曾祖母斷氣當早她在我家門前五百公尺跪哭進門，太危險了，叔叔和我連忙路邊築起人牆，交通指揮，誰料姑婆爬上癮，次次回大內守喪鐵定哭路頭，她是真的，且嚎且吟，幾欲昏厥，一回方向錯誤，爬到厝邊仔害大家笑不止；又比如鐵漢柔情大伯公，出殯前藥引法會，他奉命捧一尊紙糊的曾祖母玩偶，流淚祈求曾祖母百病消散去囉，會後楊道長對大伯公講出驚世名言：「你是世間上好命的後生，因為你八十五歲才沒老母！」如被雷掣，我心頭一記，這是家訓。

一鏡到底，一條產業道路行到底是花窯頂墓地。我們申請路權，警察疏散車流。民俗藝陣大會師，馬戲團遊行，來了五子五女哭墓、花鼓陣、三藏取經姑姑資出，孫行者柏油路後空翻高有半層樓，抓癢摳背最吸睛，還有樂隊、電子琴、布袋戲、牽亡歌加八音。人間地表蟻群似的楊府子弟兵，我與富雄提紅燈籠開路先鋒，冬日照豔陽，我的心頭暖暖的，感覺渴，想起靈堂祭拜用波蜜果菜汁，也想起有天下午拜飯畢，三菜一湯一飯捨不得倒，阿嬷遞給我，我快速搖頭。隨後極親暱如吃曾祖母口水，阿嬷把拜飯攪拌婆媳問題當晚餐徹徹底底消滅……

善化大路前我們回堵，腸蠕隊伍排出百歲曾祖母曲曲折折故事。喂！你們正走到哪個橋段呢？

情節就要推動，鑼鼓聲底我回頭——

一眼一世紀。

# 好命婆——姆婆楊陳金月的故事

我已不愛攝影，身處四處暗藏鏡頭，影像量產複製的年代，這世界似乎永遠不夠拍、也拍不盡。照片拍完沒上傳，或上傳後如史料囤積，無心命名的資料夾一二三四，就別說沖洗與護貝與裱框了——刪照片反而趣味多。我喜歡刪照片，在汰選過程中濾過日常雜質，於歷史畫面倒帶中抵達一個未來的理想的自我，通常一個資料夾刪到剩十來張。若說瑣碎生活像結案報告需有圖為證，考驗自己如何只拍一張，其實也就可以了。

我拍過一張姆婆，唯一的一張，那年我國三，放棄參加剛新辦的基測，自己當家長，決定直升高中部。整個春天我都手拿父親尾牙抽中的雜牌相機在鄉間遊走，我拍了許多如今看來意義非凡的照片：已拆建的古厝、灶前燒柴的阿嬤、三合院高空全景圖，以及累坐芭樂樹下的姆婆。姆婆斗笠頭巾，密不通風，一身草綠色系隱身荒園仍十分亮眼，剛出院不久的她，面容略見憔色，鏡頭內笑容卻美極了——姆婆極美，堂姑各個都遺傳她的美貌，姆婆常穿女兒進貢的名貴大衣在騎樓走秀，伸展臺自她家到我家門口；大姆婆很慢：做家事慢、拜公仔媽也慢、文旦園工作慢條斯理，寬寬來是她的天性。她的慢賜予她一生好命——姆婆是吾鄉婚禮最搶手的好命婆，無數新娘都由她牽出房門呢。

照片中七十七歲的姆婆實已病重，記得她來我家看〈飛龍在天〉總咳聲先到影才到，身為小嬸的阿嬤，最擔心妯娌情長六十年的姆婆。對這個大嫂啊、阿嬤曾經滿腹怨嘆，但我也陪她私下做過許多替姆婆祈福的事：跪在楊家古厝跟歷代祖先跋杯，或以為姆婆是被同為咳疾纏身的祖先「問到」而燒香不斷。當年家族集體隱瞞姆婆病情，隱瞞本是疾病的部分，隱瞞是惡化之初始。我那失焦照片遂像X光片，清楚投射著姆婆的肺腺病變，同時向我顯影兩老晚年的妯娌情節。

九〇年代後期，妯娌倆同時從農田敗陣，農婦哪來退休機制，套句母親名言：「做到不能做！做到死。」我眼前多的是葬身烈日田埂的前輩們，為此深懼回家做農夫。姆婆不上田後，失去日常生活時間軸，很快病倒，開始醫院出出入入，臺南大內兩地跑。阿嬤則瞬間驟失看電視的伴，其時二爺爺又被我們「請回」，不喜跟團進香、老人會搞小團體的阿嬤，晚年生活宅在家，為此養成九十公斤重。

一日，七十歲、腳路歹壞的阿嬤誰也沒通知，獨自搭乘興南客運說要到臺南市看姆婆，事後才知情的我除了在意全家沒人聞問起，實則更訝異這段妯娌情得以拔昇成了成姊妹情，我偷偷問過阿嬤：「姆婆有卡好沒？」阿嬤說：「瘦卑巴喔，但是病房親像別莊，好命。」

那也是阿嬤探病初體驗，我想像病房內歲數相加近兩百的妯娌，據守病床回望身為楊家媳婦六十餘年：八七水災、白河大地震、從公家分家，另起爐灶，爭與不爭都走過來了。據阿嬤轉述姆婆癒病生活：「病房鬧熱滾滾，大大小小，好命。」阿嬤對姆婆的一句短評永遠是好命；那也是府城觀光行，離開病房，阿嬤轉去在安平老街開古早童玩店的三堂姑家，三堂姑形貌最親像姆婆，阿嬤樂孜孜地叫賣一下午。

如今想來，姆婆死亡早有徵兆，時值寒假，除夕下午伯公先被接去臺南市圍爐，深鎖閉門，阿嬤細心多買了一副春聯喚我幫忙貼。伯公家門前，我緩緩攤開雷射春聯，赫見一條割痕從中莫名裂開，春聯字樣斷成兩截。我慌張進門告知：「春聯破去仔——」阿嬤眉皺指示：「先糊去，擱拍算——」

誰知半天時辰不到，春聯又被我撕得滿地七零八碎。護送姆婆的救護車從府城駛回了山區大內，停妥家門前，騎樓老早圍滿二三十人，路上返鄉遊子紛紛投來了目光，耳邊有鞭炮、煙火、迎春花聲響不斷傳來。當姆婆遺體被推下救護車，冷夜中阿嬤淒厲喊著：「阿嫂喔，妳好命啦，歸年透冬上好耶日子——」

是的，上好耶日子，姆婆仙逝當天，正是大年初一。

# 姑婆同窗會

若按家族大排行，我有嬸婆五個，姆婆四個，姨婆二個，妗婆算三個，路上喊不完的阿婆仔上百個，姑婆卻只有一個。

初次看見姑婆本名是在曾祖母訃聞，燙金孝女楊孽四字刺進我的眼，告別式現場我雷達掃射，這楊孽到底來者是誰——姑婆嫁在臺南縣新化鎮那拔林，從小我都誤會她住進芭樂樹森林，姑婆嫁得不錯呢：宅第好幾進、兒子除任地方官，海內外事業皆有成。聽阿嬤轉述，姑婆身形小粒籽，幾次生產命攏差點休去，曾祖母為此曾長住女兒家，放棄歸山坪芒果收成，一心要將姑婆孱弱性命養回來。姑婆也說啊：「我阿娘生我兩遍，出生一遍；我人艱苦，伊救我一命，等於擱生一遍。」我遇見姑婆時，她已是名富婆，次次歸來鐵定賞賜姆婆阿嬤三百條香腸、無數烏魚子、十來箱八寶粥、波蜜果菜汁，兩大包曾祖母穿不到的花衣衫，給我的紅包金額至今無人匹敵，一包一萬。她的名字顛倒敘述她的人生，我最期待姑婆歸來。

姑婆歸來實則順道參加同窗會，只有日子不錯過、有派頭，得空才會年年出席同窗會。我對同窗會懷有嚴重偏見，直覺那是人生成敗競技場：比房車、薪水、學歷、或做媒，或拉保險老鼠會；可銀髮同窗會現場狀況如何呢？出生大正十五年的姑婆，是定名大內公學校後的第五屆卒業生，大內公學校終戰易名大內國小，姑婆其實是我的學姊。

同窗會辦在善化新萬香餐廳，主揪是名熱情念舊農會退休總幹事，不敢想像出嫁六十多年的姑婆鄉間鄰里還殘存人際網絡。昔日男同學多根留故鄉，女同學嫁得近都住善化新化，他們早當上阿公阿嬤，平日在家騙孫仔，或照顧中風的另一半，我從小最怕「中風」兩字，其時外籍看護尚未普遍，一人中風往往是一家子的事。

同窗會餐畢，習慣回母校散步拍照，比畫數十年前青春地景，每句話都見證老去的自己：「這樹還在啊！樹王公喔！這教室還有喔！是古蹟！」姑婆講述同窗會即景——好幾個坐輪椅被女兒媳婦推來、還能跳的一生事業啼不停，用藥心得交換、開刀醫師力薦……姑婆說，有年她宅第遭竊賊闖入，被歹徒以搶抵住頸部，屋內財物洗劫而空，為此登上《中國時報》，那次同窗會大家話題就繞著她跑。

同窗會最後以交換禮物收場，我不清楚姑婆準備什麼，倒是她換回無數香皂組全都偷偷送我母親了，她說：「毋通乎恁姆婆看到。」她且壓低聲音：「今年同窗會又減三个，全班死到剩沒十个。」微駝的姑婆散會都從校門口寬寬走回家，身形就像六十年前女學生楊孽，進門只差沒說句ただいま——我轉來囉。

姑婆通常留宿幾天，跑去跟曾祖母同床睡，三餐則姆婆阿嬤搶人似拉姑婆共食，晚餐我們做伙收看《春天後母心》。其實我更好奇，白天大家出門工作，姑婆到底做些什麼呢？

姑婆回娘家，間接驗收姆婆阿嬤照護成效，其時曾祖母已臥床鎮天，不懂翻身下場便是全身褥瘡，傷口終年難以合癒，姑婆看了也不吭聲，喚我至西藥房買面速力達母，她一指糊膏藥，緩慢搓揉曾祖母瘦到見骨的臀與背與鼠蹊部，弄疼曾祖母嘖嘖嘖聲喔。姑婆是二十四小時貼身看護，日日用嬌生沐浴乳把曾祖母搓洗得香噴噴，我眼前不乏友孝女兒好榜樣，姑婆永遠是我的第一名。

同窗會何時停辦？印象中姑婆再歸來，名目已是建醮、女嫁男娶、探病走春，鬧熱會場亦如同窗會點名簿：「你也來囉！」、「足久沒看你！」守喪曾祖母期間，姑婆幾乎住下來，她號召家族摺一張繡滿千朵蓮花的棺被，如此大動作連剛烈伯公都彎腰加入摺紙部隊。姑婆且說：「我卡早讀冊憨慢，拗東拗西上水，欠栽培！」我想到姑婆手很巧，曾當過幾年風水師，造墳上千，是極樂世界一流建築師，曾祖母墓厝便由她督導。

不遠處校園鐘聲響，放學路隊男童女童見有喪棚，快步行過，大概嘴也碎唸阿彌陀佛。姑婆擒了朵摺半開的蓮花，探頭：「驚啥！騙人沒做過學生仔！七十幾冬前，我攏無哩驚！」

# 遺物小史

一九九九年十二月二十二清晨五點，曾祖母甫斷氣，我們家族便不分年齡，開始直接間接接收鏈結於她百年生命史的種種遺物。

先是入殮當晚集體圍在騎樓鬧熱分配手尾錢，伯公事前還電話預告，有回來都留一份，弄得入殮至少三十子孫地上繞著大紅棺木匍匐；那也是我生命第一包手尾錢，價值兩千，比行情價高出太多。曾祖母高壽辭世緣故，葬禮擺設全面紅色系，發手尾錢遂像過年發紅包，連伯公姆婆都領一份，十二歲的我突然得獲這筆從曾祖母壽衣內層翻出的意外財，塞進口袋時手仍發著抖。可不知如何保管手尾錢的後果，便是將它鎮在桌墊下長達三年，三年來見它彷彿就聽到小姑婆的哀嚎，背景有嗩吶聲響；以淚洗面的孝女白琴卻嘴帶微笑被我偷偷發現；那吊掛門邊的兩只大紅燈籠，守喪日子夜夜我怕它燈泡短路燒起來，為此失眠兩個禮拜。

直到忍不住問起母親手尾錢去處，一如諮詢理財術，她驚訝：「早拿去買菜啦！」手尾錢不生利息，大家都花光，只剩我憨仔留那兩千如替曾祖母守孝三年，懸宕心情像懸棺落土，於是帶手尾錢去逛夜市——記得我買了女神孫燕姿的CD，動物雞蛋糕給齒壞的阿嬤，烤魷魚給母親老兄，包括叔叔父親在內的茉香奶茶買五送一，手尾錢花不完，最後放進錢包與銅板紙鈔混成一塊，至此徹徹底底失去曾祖母一切能指。

遺物是生命延續，記憶活化石。人瑞曾祖母名下已無動產，再說過世前兩年多呈昏睡狀，日常生活亦無她的慣用品，或燒庫錢時已火化完。比較尷尬的遺物該是不動產，即她生前居住、生後停靈的透天厝，瓜分事宜還與伯公弄得很糟，差點壞掉感情。是喪禮結束後幾天嗎，千人家祭部隊各自東南西北，逢新春將至，阿嬤領我重返漸次淨空的透天厝，打算從一樓拚掃到三樓，房子沒人住也得大掃除，她說。她且把出殯用剩各色頭披當抹布四處擦拭，她說棉績被姑婆搶轉去紀念，姆婆啊什麼攏無愛，大概「會驚」，我問她：「阿嬤，那妳拿了啥？」搖頭，阿嬤連手尾錢都沒拿。七十多年婆媳關係史畢竟太久：麻木、厭倦、故障情緒機制，她一滴目屎都無流。

我們在二樓衣櫃找到兩包來不及燒掉的衣物，一眼認出是小姑婆孝心，曾祖母晚年四肢近乎變形，衣服遂全新，阿嬤說丟掉可惜，不如送人——

我永遠記得那暖陽流洩騎樓、柏油路、芙蓉石蓮盆景的冬日午後，村底那撿字紙阿婆低頭沿街尋找寶特瓶、廢紙箱、鋁鐵罐、發光沙拉油桶……撿字紙阿婆身形瘦小似曾祖母，不分夏季冬季一律短袖長褲，據說家裡有名弱智兒子。

我也注意那撿字紙阿婆很久了，曾經騎腳踏車跟蹤她。鄉間舉凡年紀過八十五會在路上閒晃的阿婆都讓我嚴重不安，時常單車尾隨像巡警保鑣目送她們安全回家，方能消除我心中千萬焦慮——撿字紙阿婆的家是間低矮鐵皮屋，門內外堆疊無數回收物，攀藤菜瓜花與九重葛。

算準姆婆伯公上田，撿字紙阿婆經過我家，阿嬤跛仔跛仔拎出兩包衣物——阿嬤說：「歐巴桑，這阮阿娘無穿過的衫褲，妳沒棄嫌乎妳穿燒熱——」

我才發現阿嬤有這一面，莫怪後來在養護中心能與來自南洋的看護姊妹打成一片。阿嬤無私無我無禁無忌，大概也因她曾是名敗德女子，這是後話了。

路上撿字紙阿婆穿著走著。

穿得厚重許多，她身上那件棉襖該是曾祖母的吧，質料不錯，小姑婆畢竟識貨。

我是變速腳踏車男孩，冒失鬼搭訕——阿婆喔！

撿字紙阿婆對我笑——那弧度、則是拿掉假牙，臉部地形皺褶坍陷後獨有的。

我的第一本創作集是手工書，同時是研究所備審資料，內容錄有〈渡我阿嬤〉、〈長路〉、〈九局下半〉等未結成冊的青澀篇什，書名取為《送葬人》，有個小副標叫「阿嬤沒有說話」。書的排版簡約大方，我只堅持設計一張以曾祖母為名的訃聞拉頁，作為相較靜態書面文字的動態實體文本。訃聞畢竟不同於族譜，它取消了姓氏、性別、省籍規範，高包容性高複雜度其實更有戲分，現在想來仍覺得很炫，且印刷量只有五本，很快我就再版啦！

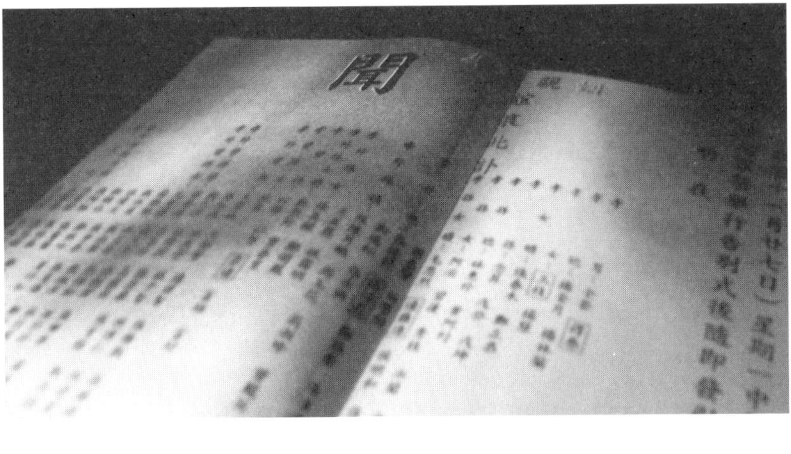

# 桌遊故鄉：寫眞沖印館

關於相片，我們拍得夠不夠？

鄉內僅有一間寫真沖印館，大概以後它就是文物典藏室了，我想像人類學家都該趕緊去接收遺棄的舊底片，那也像臺灣歷史X光片，顯影著一地庶民日常史。

沖印館牆上掛的每一張、我想也都將於現在或未來成為老照片：婚紗棚內合影、進香留念、證件照、教職員團拍、鄰里長出遊，次次到沖印館便像參加一鄉鎮之攝影回顧展，手指比畫著：「啊，這場婚禮我有參加，聽說離婚了吧！」、「老師退休了嗎？還在教啊！」沖印館主人都喜在騎樓櫥窗不分年齡擺放學士照、大頭照，人臉成了展示品，如一鄉鎮之面相學，多情的人為它灌注意義、召喚主體——「這影中人不是死了嗎？」、「唉呦，這是我哥三歲照片啊！」記得有一張全國道士研習紀念照抓皺了我的目光，以前我都誤會那是清朝古人的畢業照，還彩色裱框哩！

沖印館老主人無心成了鄉村沿革見證者，他固定週五收齊鄉內所有代洗的片卷，其中就有我小學到大世界國際村、臺灣民俗文化村戶外教學的底片。老主人會開著他的黃色迷你轎車至善化鎮送快速沖洗，那轎車該是我生命中第一輛計程車，每次我拎著拔掉底片的相機失魂落魄離開沖印館，便天天神經質注意那小黃的動靜，一如庄腳所在每有外地計程車光臨，街頭巷尾都會掀起騷動的。

遂想起我讀小學、中學時代，常在圖書館看到各地文化中心、鄉鎮公所整理製作的懷舊寫真冊，我著迷其中不可自拔，彷彿觸碰到禁忌、發現了權力，那不過五六十年前傳來的光影到底內攝著什麼秘密？什麼是老照片？多老才算老照片？我找不到關乎故鄉昔日容顏的出版品，為此怪嘆鄉長對歷史無感無知。我想起二舅公曾編過《柚城寫真史話：麻豆老照片的歷史故事》，還分上下冊，可說是麻豆達人，他一定是念舊的人。

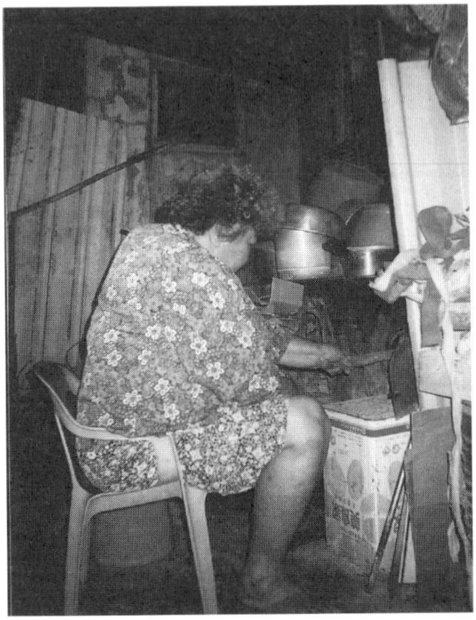

偷拍阿嬤老灶前「燃燒水」，時間約二〇〇一。這工作後來由我接手，除了燒粗柴細枝，我追加報紙、考卷、教科書，被阿嬤喝止，她說、灶文公不識字！

阿嬤是不喜歡拍照的人，理由類似呂赫若小說〈玉蘭花〉那句：「照相會使人消瘦」，但我想阿嬤是懼於看見自己，包括她覺得臉蛋長得醜，以及鏡頭前面永遠沒準備好，印象中阿嬤永遠缺了張獨照，父親婚禮那天在騎樓攝下的家族合影，相片中的主婚人阿嬤神情緊繃，兩眼望向鏡頭之外，彼時四十八歲的阿嬤是看到了什麼？我則看到二爺爺就坐她的身邊，名義上另一個主婚人。全民更換身分證那年，直至截止前幾日，她才偷偷叫車到外地拍回了大頭照，她像默默交出遲了多天的作業，對我指著光碟片上的微縮圖像說：「這張卡好看齁。」我點頭，心想不都一樣嗎？

我開始偷拍阿嬤是國二那年，有張阿嬤在灶前燒水成為絕響，可惜只是背影；有張阿嬤姨婆的姊妹合照是我的最愛，姨婆也是我的最愛。大學時代有意識用照片替阿嬤存史：和印尼姊姊推她出門散步，我是攝影家一路跟拍；她坐輪椅登上安康巴士像要旅行至外太空我也錄影了下來，阿嬤身體越來越糟，我快門越按越快，阿嬤是被我拍瘦的——

此刻我愣坐寫真沖印館的內間，準備拍下生命中第一張證件照——國民身分證，棚內的空中黑傘如倒掛蝙蝠、乾癟木耳吃掉所有的光、倒數讀秒中的閃紅燈爍著爍著，是老機器了，我的視線忍不住向外頭延伸：左右兩邊有兜售柯尼卡、富士底片的泛光玻璃櫃、再前面是亮漆漆亭仔腳、歇著小黃轎仔，人群陽傘流動的柏油路，白花花的天光最後糊成一片，故鄉沖印館就叫做天光。

暗室，沖印館老主人說注意、要拍了——

我的眼神抖擻，看向正在閱讀的你而來。

# 我的細漢姨婆

所謂細漢，是形容姨婆之體型。她身高一百四十幾，膚質黝黑如一顆熟酪梨，面容有一點像阿嬤。她是阿嬤唯一的妹妹，阿嬤喚林蘭，姨婆叫林橘，她們攏係曲溪村黑美人，堪稱酪梨姊妹花。阿嬤一干弟姊同樣患有遺傳性足疾，姨婆走過大半輩子狀況算最輕，七十餘歲數仍活躍一山坪酪梨愛文地。我在姨婆身上看見一部全然迥異於阿嬤的女兒史：關於婚姻也關於養兒育女，也關於如何料理銀髮生涯。直至今日，若回到阿嬤位於南瀛天文臺附近的娘家，頭件事便是順路拜訪她，那也是阿嬤數十年來的習慣，我已保留下來。

阿嬤當年從曲溪聚落潦過一條曾文溪嫁至大內楊家，已算嫁得近，誰知姨婆嫁更近，只能說姨婆次次出手總讓我眼睛為之一亮。「遠嫁」概念於姨婆身上完全報廢，她改寫臺灣女兒出嫁路線、她讓娘家婆家僅五步路，不暈頭轉向花錢搭乘新娘轎，迎娶只需三十秒腳程。當我年幼，每次回阿嬤的娘家，姨婆會適時登場，我曾疑惑是姊妹相約？或根本姨婆是未出閣老女兒？姨婆在我心中不斷生出十萬個為什麼。所以不順路看她怎行呢，現在屋外我機車劣質引擎沒熄火，此處明明舅公的家，姨婆人已坐在隔壁屋內等著！

可能與丈公青梅竹馬，他們也是我看過最甜膩的一對，常在路上遇見丈公開他那臺農用貨車載姨婆出入各大市場視察蔬果如小約會；也可能姨婆為了就近照顧外曾祖母，作為小女兒尤其捨不得，所以只嫁一牆之隔，但別以為姨婆一生即在那方圓百公尺內打轉，目前情勢看起來，姨婆的世界最開闊。

姨婆是所有親族長輩中，唯一加入社區「媽媽教室」。凡有組織、制度的單位，我下意識地跳到對立面，但姨婆懂得運用農暇是事實，四界跳舞，五十歲仍擁有自己的友誼，她是我心中的土風舞天后，說她是大內的劉真亦無不可。每有表演，她的位置因身高、舞技都排在最前頭、最顯目。一次類似酪梨水果開場節目，我初見跳舞中的細漢姨婆，記得是支扇子舞，簡單點踏，音質並不好的配樂頻頻跳針，帆布下二十來位婆婆媽媽各個放棄平時鍋鏟爬樹身段，婀娜緩慢頗有古典風格，其中姨婆舞扇之顰笑完全不輸專業舞者。姨婆最亮眼，我挨擠於南國毒陽人群中，為姨婆自信神色驚得不敢妄動，好像她還偷偷對我笑呢。

大內國小八十五周年校慶運動會，壓軸節目即是全校大會操，操場當作舞池，全校師生加起來不過人數一百五十，記得場外鄉親層層疊疊如丘陵地，姨婆隸屬的「媽媽教室」也來助陣。學童被要求著水綠色運動服褲，姨婆及其團隊則身是一件水紅色短袖，粉筆白的貼身長褲如走馬瀨大草原上一朵圓仔花，舞曲是當年風靡全球的「瑪格蓮娜」。那也是人生第一次和姨婆同臺，音樂還沒下就看見姨婆在暖身，壓腿、拉筋、聳肩與抖手。她就站在我的兩點鐘方向，韻律神經並不發達的我如漏電機器人：什麼伸手、抱胸、貼耳、搖啊搖落去的幾個八拍跟不上，僵硬、彆扭之肢體展不開，立刻我就被姨婆比下來。大太陽底姨婆還在數拍子，一二三四一二三，齊聲吼喊「嘿嘿瑪格蓮娜」之忘我程度如節慶儀典，這就是姨婆。

姨婆，活跳跳終年不見休足。她戶外活動有一手，她改造自己的方圓一百公尺亦是我關於居家理念之引領者。我一直是三合院迷，希望今生得以住回三合院，姨婆家址一帶正是臺南三合院仍完善保存區域，我常在黃昏時騎車至此，甘心迷走其中，即為野狗追吠、我便以喇叭驚嚇之；我因短牆伸出的紅朱槿魅惑，芒果色夕陽給出了光線，空氣中有一點點麻油爆香味，有一點點玉蘭花香味。我還看見三合院隔出的窄巷、永遠有一隻回頭張望之橘子貓，等在廚房伸出的油煙垂管下，那地方稱之後壁溝仔，像立石鐵臣的版畫，後壁溝仔亦是現代廚房與傳統古厝混搭陷落的空間，那裡永遠有一座水泥砌成的小屋，內裝一瓦斯桶；十多年前，也是阿嬤回娘家探中風的外曾祖母，我一人脫隊奔走幅員遼闊三合院叢林，雖陌生並不感覺害怕，誤打誤撞走入了別人戶埕、倉庫、伸縮型的車庫，遊賞百花，你知道的，抄小徑最快方式即是穿越神明廳，一回還碰到了人家辦喪事，凝視紅白藍喪棚下一靈堂一遺相，我看了好久。

現在三合院大量消失主因家族分瓜，要不拆到剩一半邊護龍，要不戶埕原地立起透天厝，半古厝半透天之混搭風最典型，我也很喜歡。然三合院的下場常荒廢成為鄰居孩童嬉鬧之鬼屋、成為建築設計科系研究素材。有一種三合院，嗯、我眼光一掃，立刻心生定居購屋之衝動，辨認它的方式並不困難、它很普遍、很家常，最具指標性的特色是、因屋主愛乾淨，出入三合院得脫鞋——姨婆家的三合院即是一「脫鞋三合院」。姨婆家具體而微了三合院演化史，每一裝潢、每一細節都顯示歷史與姨婆協商下的新興風貌，姨婆日日穿梭其中，一磚一瓦盡是她的想法，她是自己的地基主。

走進了「脫鞋三合院」——姨婆將護龍內部打通成一大客廳，本為生草的泥土地，翻修鋪上大理石磚，透光的地磚得以照見人影，穿襪子的我喜歡滑步其上，不小心會踩到房子的心。姨婆養的幾隻野狗天熱也懂得進來伏地納涼，姨婆且加強視覺縱深，客廳飯廳合而為一，家具擺設日常化：折疊桌、非液晶電視、滿地玩具怪手因姨婆有六個男孫，其中有一幅「名字畫」在牆上，我曾為之驚動不已，那字畫初始我以為只是尋常的民間藝術，讓我想起春節年畫，有趨吉避凶能力，漸漸我在點綴彩色山石之圖像間辨認出一姨婆與一丈公的名字：「啊、是林橘！」。「名字畫」據說是姨婆女兒的孝心，我默讀「名字畫」心中竟有被賜福之淡淡喜悅、我何其幸運生命得以遇見一模範老夫妻。

來姨婆家吧！總讓我忘了不過身處一座傳統護龍。住下來吧！最迷人處還有那不起眼的醜窗，不搭窗簾竟能靈動如此，它充分通風與採光，更能拿來遠眺。平房去哪生視野？姨婆讓她一望即是信箱入口與藥草花園，然後是馬路、然後是人車，像不斷衍化的動畫。講到平房、實在是爬樹不等於爬樓梯，我不只聽過一中年婦女談及年老要住回三合院，似已預視將來行動不便。我家佛堂在三樓，祭祀日即是阿嬤的災難日。當我年幼，一度幻想製作一座流籠，將拉雜祭品從一樓拉至三樓。

外曾祖母出殯前天的法會，我們稱為「作場」，阿嬤在牽亡歌表演時因悲傷數度暈厥，舅公本欲將阿嬤攙至屋內，阿嬤卻以一種我也難解的女兒堅持、說至隔壁姨婆家躺一下就好。姨婆也不忌諱，讓一襲黑衣的阿嬤躺在姨婆家的海藻綠沙發，沙發排成ㄇ字形，阿嬤累癱如一隻無力的臺灣大蝙蝠。我在ㄇ字型沙發上衝刺與陪伴，衝刺累了跟著臥倒。姨婆披麻帶孝趕來，使力搓揉阿嬤的太陽穴配上兩滴萬金油、那是一小妹對一大姊之本心，大姊是二分之一個母親，這是姨婆告訴我的話。

阿嬤與姨婆相差近十歲，姨婆曾是阿嬤唯一談心對象，但也只是加減說，太疼痛、難啟齒地方輕輕跳過，說不清乾脆放著。不如去山巔吹南風、看曾文溪菅芒花海、跳舞四界七逃，這就是姨婆。

也是那幾年，我成為阿嬤的腳，四處替阿嬤買美國仙丹，提供她大量類固醇用以減輕疼痛，我是阿嬤健康敗壞的幫兇並不自知。

姨婆不再跳舞，不跳舞代表不能動，反將時間集中做田。我家客廳常無來由冒出七八支大腿粗的麻筍，一面桶的南洋魚，吃不完的木瓜芭樂不怕偷直直白白擺騎樓，那是姨婆，也會是舅公，他們視阿嬤為一切。

那幾年，我有時問阿嬤一點點，也問姨婆一點點，點而線而面拼構出她們的姊妹故事，屬於我大內楊家之外的另一系統，阿嬤的林氏版本，也是我的身世，那寫在曾文溪上游的西拉雅傳說，讓我終於知道我也是山林與野溪的孩子。

到養護中心看阿嬤，她最喜歡同我點名近日訪客，常掛嘴的即是姨婆。我也常考問她姨婆家的電話號碼，她每次都答對。一次我甚至撥通手機，電話湊近阿嬤的福氣大耳，半分鐘過去無人接應，阿嬤自我安慰說一定又去做田。

有機會碰到姨婆，通常鄉間路上會車，我放單手騎車喊她，司機丈公便將貨車切至路緣，姨婆身手矯健跳下來。

我喜歡虧她、說阿嬤唸妳、妳害了。

路上大卡車風飛砂轟轟然行過，此地是吾鄉外環道路，出事率奇高。

姨婆牽起我的手，開口前鼻頭一酸紅。她說、恁阿嬤上疼你，要乎伊去！姨婆說「乎伊去」的時候加動作，雙手作放棄狀，她整整矮我三顆頭。

姨婆補充、逐次看恁阿嬤，她人就生病、艱苦、住院，讓我不敢去看她。

我信了。

我們無話可說，姨婆不斷重複「放乎伊去」，外環盡是砂石車，噪音中我一字一句聽清楚，值阿嬤病情危急時期，日日開病危通知，日日將是阿嬤的忌日，想來那也是姨婆安慰自己的話。

記得阿嬤因爬不上二樓，緊急住到一樓，樓上印鑑存摺私密物件來不及收拾──阿嬤要母親電話通知姨婆前來點收。

阿嬤也是人家的女兒。

母親轉述、我一邊安慰，有一點失落，阿嬤信任姨婆勝過長期照料她的母親，其中心緒糾葛我無力理解；有一點興奮，阿嬤不再跟樓梯作困獸之鬥，讓我不再提心吊膽她隨時雙腳無力、腦袋墜地。

二〇〇九年五月，阿嬤從二樓撤到一樓，自此人生與樓梯惜別，護送她一同下樓的正是她的小妹，我的細漢姨婆。

二〇一三年六月二十三日，阿嬤大體自柳營奇美由我與父親護送回大內，車至家門，我手捧一袋阿嬤換洗衣物跳下車，一眼就看到了姨婆等在騎樓。

姨婆箭步、伏趴救護車後門搥胸哀泣。

阿姊、我來看妳！

# 辦桌現形記（上）：倒菜尾擂臺

關於倒菜尾，我阿嬤手頭上握有一份迴避名單。

多年來，我們家固定外出吃辦桌的組合即是我們祖孫，黃金陣容，一路從三合院埕斗、社區活動中心、國小操場、路邊溪邊吃到臺南大飯店；從步行汽車遊覽車，最遠搭飛機到澎湖吃海鮮宴。這張沿南臺灣縱貫線劈劃出的辦桌掠食圖，同時也是我阿嬤的倒菜尾路線圖。

阿嬤辦桌認識論——菜尾是好物，倒菜尾是門傳世藝術，母親偶爾代嬤出征參加歡宴，空手而回是錯誤示範，父親絕對不可派出場，他吃三道菜就想回家了，我榮獲阿嬤青睞，並非食量大能吃夠本，實則讀國小的我能當她得意左右手：「你幫阿嬤揹魚翅羹。」、「冰淇淋整盒捧仔！」、「炸蝦仔共油飯囥作伙，彼罐芭樂汁順續。」因為阿嬤一句話：她提太多不好看。散場通常由我大包小包，我是阿嬤的遮羞布。

阿嬤倒菜尾生涯四十載，見識無數倒菜尾快手，但嫁娶好日子，要倒就別打壞感情，於是生出一張迴避名單，誰呢？快跟我走進天上紅白藍帆布、地上柏油大馬路的辦桌現場，讓我告訴你！

比如楊筱蕙她阿嬤，天啊，全鄉都怕她，還在啃瓜子、擦拭碗筷等鞭炮時，她就拉人問哪裡會有塑膠袋，懂得燙手已自備一只謝籃，堪稱吾鄉菜尾姊，我阿嬤有回跟她同桌倒輸她，只勉強撿到龍蝦頭，從此點名作記號，願今生不再同臺。那是小學三年級的夏天，宴設尚未重建的朝天宮廟口。

又比如打包巔峰時刻通常在第七八道菜，是藥燉鱉湯或三杯雞睪丸，我阿嬤故作矜持，當同桌賓客先問我：「你要不要吃？」、「包回家給哥哥吃好嗎？」哪來時間考慮啊，出手就要快，一個問句結束，建宏他阿嬤已經秒殺裝袋，派孫子騎腳踏車提回家冷藏了！

三歲左右朝天宮大鬧熱，全鄉集體大辦桌，出嫁女兒，外地遊子紛紛歸來，我被擺放在圓桌像一道料理，姿勢一百！

住歐風別墅的暴發戶最經典，一千二紅包全家出動八九人打牙，吃辦桌如自家除夕圍爐，大家看了搖頭，都邊吐魚骨邊唸阿彌陀佛。我小時候也覺得那畫面好殘酷，分寸，阿嬤，我們要有分寸。

阿嬤吃辦桌絕不跟親戚同桌，越

親暱離越遠，迴避名單驚見自己人。那是姆婆，我們兩戶紅白包完全重複，出門前遂能探聽禮金數，搭乘主人家出資的遊覽車也能坐一起，但抵達辦桌現場立即自動帶開。總不能整桌陌生人吧？就專挑舉家離鄉多年、看來毫無殺傷性，最好會提前離席的中年男子，宴間聊些罐頭問題配凍頂烏龍茶套話：「你從高雄市轉來喔，老母最近好沒？等一下多包一點回去啦。」、「免啦！阮厝剩我一個人啦。」

阿嬤舞劍，意在菜尾。阿嬤的迴避名單可不是仇家名單，日常生活大家關係好得很。我喜歡倒菜尾快手們：陳淑雯的阿公連冷盤假花都拎走、陳哲斌的阿嬤專包筍乾大封肉。記得八嬸婆農閒都在婚慶現場替人捧菜賺外快，她知道那些年我阿嬤手頭緊，很苦，常從內場弄來第一手菜尾偷偷塞給我，這是秘密了。

菜尾是辦桌綜合滋味，人情味，人情味不一定美味，但我就偏愛那湯頭多層次的感覺，全家就阿嬤與我懂得菜尾的精髓。

阿嬤病後，家裡仍按月空降三四張喜帖，我們吃辦桌的次數卻少了。紅包到就算數，父母親懶得出門，有違阿嬤行事風格。

「都沒人要去嗎？不然我代表出席。」

監護人父親點頭。

新手上路，挽起衣袖，這一次是輪到我出門倒菜尾了！

# 辦桌現形記（下）：好害羞的兩百塊

難怪，那天敬酒，原本路上都赤膊、一時西裝人形者打扮的主婚人老國仔，頻頻帶著有害目光掃射我和伯公。賓客微舉起玻璃杯：「恭喜喔！」杯放、話題繼續，敬酒部隊轉檯，辦桌現場SOP。我從不相信辦桌能吃飽，配酒配話五四三，胃藥千萬準備好；也不相信賓客能記住新郎新娘，我吃過上百場喜宴，留在腦海中的新人臉孔近乎於零，他們到底是誰啊？

我又是誰呢？初次代嬤出征吃喜宴，阿嬤缺席起因當天日果好、很多攤，她負責參加姑婆「她小嬸第三個兒子娶媳婦」；而我這方是「曾祖母娘家第二個小弟嫁女兒」。掐指算該叫聲舅公祖，我很緊張，在伯公家那有濃烈老人味的客廳等候，當時他快八十，脾氣烈，少年軍伕，中年宋江陣靈魂人物，晚年優良父親兼模範老農，有名望，但很會「蛇」，眼看十二點半開桌，二十五分仍在摸，蠅似找姆婆要紅包袋仔與千元鈔與糨糊，不要遲到啊，我心裡嘀咕著。

舅公祖老國仔家在一里遠的過溝仔，宴擺王爺公廟埕。那也是我第一次坐上伯公的寶藍色SUZUKI，伯公遺傳曾祖母臭耳聾，有回透早上田，姆婆人沒跨上機車，他就一往情深騎出門了，姆婆和我們全家且追且笑，他聽不到呢！

我對伯公的態度挺曖昧，弟媳阿嬤形容：「卡早你伯公，實在是……」，然辦桌現場伯公是唯一和我有關係的長輩，我得抓牢他。同桌放眼外地男人，外地人指南，看頭上那頂網帽：善化慶安宮、官田老人會……造型統一拖鞋汗衫與折腳西裝褲。伯公專挑陌生人一起坐，方法與阿嬤極類似，伯公亦是倒菜尾達人，但他包得少，兩人份足矣。伯公疼某，姆婆死時，他蹲家門痛哭十幾分鐘。

所以，我這囝仔又得做什麼？當我路過吃免錢也沒人懷疑，可今天我代表楊家出席，從前三道菜勉強吃畢才四處玩，我喜歡去外場看層層疊待洗的碗盤、探頭探腦捧菜的八嬸婆在不在？那場喜宴我屁股卻磁吸般緊黏四腳鐵椅，一道吃過一道，頭回吃辦桌有飽足感，不出聲、離席，尿尿都忍下來。神經兮兮怕話題轉到我，若問起阿嬤，伯公會保護我嗎？

最彆扭，包括男人拚酒，議論臺上脫衣舞秀。康樂隊主持人唸好話不忘開黃腔，速度如RAP，我不怕，我怕舞孃唱下臺，穿梭席間舉辦「握手會」。是人生第一次貼近衣著清涼的大姊姊，我耳紅埋頭扒吃赤蟳油飯感覺音量正逼近，渾身抖不停。情緒壓縮於過嗨的場合，孩子容易脫序演出嗎？舞孃不過才親臨，眾人擱下碗筷擦掌摩拳，我立刻抬頭，莫名其妙搶先將右手超坦然直直往前伸，晶鑽舞衣、頭插孔雀毛的舞孃為此恍了神，走了音，用三指碰觸我的小手，哈囉，示我以輕淺的笑。同桌叔伯後來攏虧我：「這早『秋』。」我臉燙、發紅，搞不懂自己，我是想「拉她一把」吧？心底好冤。

散筵伯公塞給我一打養樂多，漢堡冰淇淋，微醺的他默默打包桂花魚翅，寡言如曾祖母，沒料到還遺傳健忘的曾祖父。兩點半返家，姆婆神色驚恐，怕伯公沒聽到，衝至馬路高分貝尖叫：「夭壽！你一千塊安怎囥桌頂，包兩百塊就出門！」

好困窘的兩百塊啊，200吃到飽。

這才想起老國仔打量的眼睛、剛被舞孃握過的手，如菜尾微微熱著，明明我滴酒未沾，卻已羞紅一張白臉了。

# 黑狗來了——致敬我的伯公楊全套

伯公過世已七年，那空屋無人居住亦七年。

私闖民宅，不敢相信有天我能遊戲般上下三層樓。曾經這空屋於我是禁忌：它住過一對子女散居臺南市的老夫妻，老夫妻是阿嬤口述中一生的天敵。我們兩家樓仔同時築建於民國六十年，格局類似，伯公家內部裝潢卻特奢華，我在二樓如考古學家看見水晶吊燈與整牆酒櫥，曖昧黃燈與L型沙發組，歸排樓仔屬伯公家最氣派，我家三樓得屋成十多年後才有錢續搭，如果站馬路描容兩屋，一高一矮，多年來雨季排水盡瀉入我家天花板，果真被壓死死壓到底。

我想我是賊，放眼老夫妻遺產，興奮打開每格抽屜挖寶。早伯公三年病逝的姆婆留有骨董衣櫥、論斤花棉被，燈座織結蜘蛛絲，再久一點，空屋會成鄰近孩童口中的鬼屋，且說公仔媽都請走，祖先根本不在了。

但我感覺伯公仍在，記憶CPU裡的伯公影像多與災厄鏈結，認真看他都在新樓奇美病院。

有回伯公煮茶，那種底座配桶瓦斯，偶爾能煮火鍋的迷你茶車是老大人最愛；伯公且重聽，電視音量轉特大，通常是卡通，活跳跳動畫是生命的語言。那也是強颱直撲南臺的八月，全家客廳掌握災情，忽然螢幕火光如空襲炸彈，才想著電視是因遠雷爆毀？眼角餘光即掃到騎樓汽車折射再折射出整片火海，父親叔叔衝至外頭，原來風雨聲蓋過氣爆巨響，伯公已全身著火如特技跳出客廳了，他逢人喊姆婆「擱置灶腳！」錯誤示範，二度衝入火場，厝邊仔迷你滅火器十幾支拎著如消防猛男。火苗正沿天篷四角燒起，恰恰形成一道火門，濃煙自客廳持續團團往外灌，馬路淋雨的楊氏宗親摀鼻嘴紛紛跳腳：「人是出來了沒？」雄雄伯公新娘抱姆婆從黑雲跨欄躍出，然後才有消防車才有救護車。

我就站在火燒而新刷的白牆前追趕家族史進度，彷彿還聞到臭火焦味，命很大的伯公日後傳說媽祖庇護，為此請布袋戲酬神，我不以為然，若庇護也是曾祖母日日的祝禱奏效。

劫數未了，八十歲的伯公隨後又在大內山區的西仔尾連出三場車禍，西仔尾聚落百年前仍有人居，戰後散庄停止建設，為此出入極困難，我到西仔尾，那依地勢起伏植滿柳丁的丘陵田車程需花半小時，那也是我生命中電玩歷險般最驚悚的一段山路：四十個轉彎、三十個上下坡，路面常有無數蛇鼠雞鳥阻擋。伯公初次車禍自動起身與對方握手言和；二次撞進粽葉園，醒來已躺臺南醫院；第三次事發楊家墓園旁，他開鐵牛載姆婆同小綿羊對撞，明明小綿羊遇到大野狼，伯公許心臟無力煞車過猛，摔入山溝全身重傷，父親第一個趕到現場，我奉命看守伯公家等電話，我以為伯公會死於那場車禍，禿鷹般禮儀社早聽聞風聲在家門外盤旋，我嚴重憎恨他們。

於是來了隻黑狗趕走禿鷹。

東西南北哪來軍犬撲倒伯公鐵牛邊啊？大內附近的野狗是我餵養範圍，這黑狗定是外地來，我叫阿嬤來看黑狗，毫無外傷的巨犬動也不動，阿嬤以氣音湊近我耳邊如悟天機：「這隻狗，是替你伯公仔死的。」

我坐在空屋樓梯口，腦袋想的全是黑狗如何千里跋涉，一心死於伯公家，牠又如何指認這屋齡四十的樓仔呢？

這樓仔尚未有人於此斷氣，老夫妻都倒在醫院，來不及運回來。

讓我猜猜誰會第一個死在這裡？

# 發現阿嬤默默做的事

## 偷運動

首先傳來一陣雞鳴，方向約是東邊楊家古厝附近，那處也養了火雞、黑鴨白鵝，滿地的新鮮糞，天還暗濛濛，我就張開眼睛。

我扭出被窩，走出冷氣徹夜未關的二樓小房間，全家都在睡，時間四點五十，趕緊尾隨阿嬤下樓去——

清晨得燒香，地點就在騎樓，阿嬤編織的竹籃子就懸綁在樑柱，大概也像個天公爐了。

我先接過小鋁盆，把昨日的水倒向門口大小盆栽、我的工作是澆水。

打開樑柱水龍頭，換上沁涼自來水。

「大支香」是每逢星期四夜市，我代替阿嬤買回來的，阿嬤走不動，我是她的雙腳——

阿嬤持「大支香」唸著，我合掌、抬頭看向她。

最後一個步驟拿出美猴牌火柴盒，彎身燒掉三兩張金紙，喔，不是金紙，是符咒般黃色長條紙，像燒給天公伯仔的便利貼——

檀香有霧、我看見阿嬤照養的雙面刺、石蓮花、小雀榕、芬芳之金線蓮，騎樓祭祀是她一日作息之開始，騎樓也是她的露天草藥房。

一個消失多年的場景向我搭置而來：走霧的路頭、那邊三樓頂也有人燒香，阿嬤因爬不上自家神明廳，多年來都在騎樓完事；也有成群結隊出門運動的老伙仔，邊說笑邊甩手、筋路都通暢；搭早班車的高職生、五專生瞇瞇眼拖著布鞋，遠方一間間早餐店點開了日光燈，像晚上——

早喔——送報老僮穿街走巷。

我們沉默向西行回了老古厝，我們名之為古厝的老家。

我兒時它是廢墟，現在它是一間氣派媽祖廟了。

阿嬤默默來運動，有益身體健康的事，怎是偷偷摸摸呢？

阿嬤靦腆地說：「你大姑昨早仔卡電話乎我，要我多動。」

阿嬤也是有女兒的，只是我常常忘記，並不輕易書寫她。

我陪著阿嬤練腳步，心想阿嬤終生繞著三合院，大概走不出去了——

阿嬷怕人知道她在運動，除了向來被說懶惰，她唯一的女兒百年難得來電鼓勵她，這份心情她喜悅，也只好獨自承受。

該如何學姆婆四處逢人說：我四女兒帶我去日本，二女兒買了大衣給我，三女兒學電頭毛所以幫我染了顆紅頭毛呢——

視線不清，小心跌倒，全家都在眠夢裡，雀躍的阿嬷。

一直有個聽來如噩夢的家族故事，是阿嬷告訴我的：「所有姊妹伴，你大姑姑上會讀冊，偷跑去考善化初中，考中了！沒錢念，當時手頭攏你曾祖父攬著，你阿公又剛死，我一個人……」

阿嬷說註冊當天，眼看五點半頭班公車開過，白衣黑裙制服少女的大姑嚇哭了出來，阿嬷先飛奔兩百公尺外的站牌，天未亮，跳上公車哀求：「司機先生啊，等一下、拜託你等一下啊！」立刻快步折返向曾祖父討註冊的學費、據說連八嬸婆、七叔公啊都幫忙來說——

經常被這故事驚醒，在六年通勤的中學生涯，每有興南客運開過門前，我就想到大姑，想到交通不便大內山腰日子，大概自己走不出去了——

關於我們家族後來臭火焦的故事，失去了屬於大姑的情節，她十九歲勇敢走出，阿嬷擋不住她，遂也忘記阿嬷是有個女兒。一次，我替阿嬷換尿布，她講啊：「你大姑董事長夫人，姊妹中她嫁得最好——」

阿嬤嫁得好嗎？

阿嬤可不懶惰，她走了幾圈，緊接上市仔採買，最後到漢堡店買我的早餐：不是美而美、美芝城——是富林。通常買回肉鬆蛋吐司、袋裝大包咖啡牛奶，至今難忘的好滋味，我等著。

人物都在霧間走動，熟悉路口吐大氣似的濃霧罩籠騎樓小客車，犬群，鈴木機車、棉襖老人、露珠……

那年我等在騎樓看她往大霧走去。

有天我會在騎樓大霧中等她被送回來。

這是陽世陰間了——

## 粽云

幾乎毫無根據，每看到一整串粽子總讓我聯想起「心肝結成球」此一俗諺。大概平時在臺南我們將上吊婉轉說成「綁肉粽」，中部地區祭送吊死亡靈的儀式亦叫「送肉粽」，為此不管是南部北部福州粽，於我它先像一語言陰影懸在心上，再像一待蒸或熟燙的肉粽一揹揹繫在曬衣大竹竿，粽子難消化，粽子過剩吃不完還得冷藏，種種想像使粽子具體說明了什麼叫「負擔」。

粽子於妳亦是另一種負擔，沒道理那幾年蒸熟的粽子米心卻是生的，發現通常已是晚餐的客廳，本該是親嚐妳精湛手藝的時刻，未料卻成為子女怪罪的尷尬現場，我不明白何以妳忙壞一整天是錯在哪裡：「沒熟不吃就好了，這呢兇安怎？」、「大驚小怪，你吐出來啊！」小學時代的我脾氣壞極，那是我？天不怕地不怕的資優生？

該如何才好？妳趕緊來到後院，就著廚房折射而出的光線，拆下竹竿上一揹揹肉粽，一粒粒撥開驗查——每粒嶙峋的粽子都存在著風險，那年妳洋洋得意總共包了五百粒。

建議妳別再用老灶，快速爐效果據說還不錯，隔年妳果然借來快速爐，卻因不熟科技產品，加上一人做三人份工作而被嚴重燙傷。我記得那年粽子的米心還是冰的，剝粽的瞬間妳心都涼了，大家倒不多言，吃就是，吃相像挑食顧客叼走瘦肉與香菇，連土豆都吞進去、連附著粽葉上那分裂自粽身之米粒殘餘也舔得一乾二淨，只因那定是熟透的部分，安心食用沒問題。我也跟著吃了，一張張攤開的粽葉滲出蒸氣、手上油涕涕，粽葉色澤因水煮褪去變得暗沉，隨意丟棄垃圾桶與衛生紙捲成不規則形狀，我看了胸悶、全身黏膩如染上一身暑熱，那幾年，鄰居偷偷觀察妳料理的過程並不衛生，嫌妳粽葉箇單洗刷三兩下就開工了。

多年來端午節固定包上數百顆粽子，地點就在透天厝後院，一簇簇粽葉與一盤盤佐料臨時擺在洗衣機、像露天小廚房，同時厝邊嬸婆們也在熱炒香料或燒柴生火，人瑞曾祖母也來幫忙，她的工作是負責塞一枚落日般的鴨蛋黃，和一枚蚵蝓般的香菇片，那是記憶中後院最地道之臺南風情畫，我來不及將它攝下。

吃粽子完全暴露我的偏食形象，我只喜歡咬那粽子尖頭，且得淋上愛之味甜辣醬，吃配料不吃糯米。遂明白那無數個端午節的傍晚，當妳小心翼翼從老灶接力撈出一串串燒肉粽，我是被妳找來後院壯膽與試吃的孫子：「有熟無？」、「再沒熟就害了。」

問我並不可靠，阿嬤，這才想起粽子於我亦如一具體之罪惡感，沉甸甸的，當年沒及時吃出米心未熟的人、其實是我。

# 這樣的老戰士

因學術研究緣故，對於戰後來臺一代的文學創作，我始終保有高度興趣。記得是一份名為《中華文藝》的刊物，據說為退輔會相關出版物，七〇年代發行時上頭的寫作陣容，將臨退役或退休，已與今日我們對外省老作家的基本認識並無兩樣。我好奇他們如何通過文學書寫，尤其是散文創作來安頓、想像自己的身世，他們的戰士身分在面臨自由／不自由創作，擘劃出的臺灣圖像以及原鄉經驗到底是什麼……平常我出沒永和得和路、竹林路、永貞路、豫溪街……八二三公園因鄰近臺灣圖書館是最常去之處，我發現身邊陸續出現並不十分熟悉的口音、複雜的飲食、傍晚涼亭行棋的老人，我發現他們的存在，一如在福和橋遇見了羊令野；在南勢角捷運站遇見賣彩券的張拓蕪。他們撼動我原本固化的思考，反省起自己生命中的老芋仔經驗——我不能讓自己太舒服，我必須讓自己與陌生共存，只因最強烈的愛即是來自陌生人的愛。

# 小男生老俞

畫面最後是一群年約四十、玩心未泯本省大男孩在替八十高齡的老俞慶生兼歡送，雜沓語言環境中，那也是員工私下的聚會。老俞生涯第二次離開團體生活，初次是退役，再次是退休，他們的公司位處善化、省道小新營段一間不織布工廠，廠房四周營生三四間觀光草莓園。父親三十歲進不織布公司當作業員，老俞彼時已是個老資深，歷任了伙夫、守衛、園丁，他是七〇年代初期離開部隊便在臺南縣境不停流轉，最後落腳一間股份有限公司、漫度後半生的老芋仔。

老俞平日住員工宿舍，週末才搭乘興南客運返回位在新中營區的老家，說老家，外觀只是一層樓的鐵皮建築，門口斜插一支褪色的國旗，客廳方位路衝、在大馬路急轉彎處。從小我對新中的印象即是一座兵仔營，地名還分「日新」與「又新」，典出苟日新、日日新、又日新。是的，一個超出本省命名系統外的嶄新世界，也是我生命中第一個老芋仔聚落。

我攀躲在門外，見著屋內燭光蛋糕前的老俞，一次又一次的生日快樂歌，他到底是幾歲了？老俞許因禁婚令或其他我不知曉的緣故，老俞沒有婚姻，據說有個乾女兒，為此在場每個年輕同事都像他在臺灣的「後生」，是老俞平時消解鄉愁的飲酒對象，連父親都因老俞退化回一名大男孩。

老俞是我第一個接觸的外省老兵。當我年幼，聽村人說起老俞仔，就以為是老芋仔的寫法。確實，老俞是我對這群離亂時代集體認識之初始，他是我見過相貌最漂亮的老人，有一點點像晚年的沈從文，他們都在征途，他們都是軍人。

老俞不多話，體格弱小，不多話據說老俞軍旅時期專修飛行器，因機場噪音壞掉了聽力，又或者工作在一本土中小企業，身邊講的是臺灣話，沉默是對歷史的回應；體格弱小的老俞當兵那年不過十歲出頭，是娃兒少年兵，來臺那年在基隆碼頭餓過三天三夜，讓我想起桑品載的故事。

母親念隆田國小，附近是一座今已廢棄的營區，她的小學回憶是無數老芋仔爬到牆上對著小女生展示性器，母親說她一邊回頭、一邊尖叫跑開。

某幾個非常灰暗的家族斷片，在一連串檢討聲浪中，總會提起阿嬤當年與二爺爺的過去是災難的根源。母親說、你阿嬤當年該要找個老芋仔嫁了！

我對老俞的認識是一現在進行式。漸次從父親口中拼湊而出的老俞圖像，以及在求學生涯，透過文學閱讀、眷村紀錄片、或社會追緝令等電視節目，理析出一群發生在老俞及其同時代的外省伯伯們、他們身上有我不知道的事。

緣於一次環島，那是每年春天的員工旅遊。幾乎國小還沒畢業，我就玩遍臺灣，可以說我是在物質並不匱乏之下長成的囝仔：北海岸風景線是我的最愛，峭壁中一缸缸骨灰罈震撼了我，當時我愛看靈異節目，經北宜公路，沿途冥紙隨風捲起如大蝶，我緊閉雙眼唸阿彌陀佛直至沉睡而去；阿里山鐵道神木、祝山的日出，塔塔加的晨霧撩撥我的心靈視野，依稀我看見一山羌與一黑熊；陽明山花鐘、鵝鑾鼻佳洛水至少去十次，天祥太魯閣的峽谷造型和地理課本並無兩樣，去杉林溪住小木屋、去九層嶺、南元農場團康烤肉、每一張照片母親皆將我打扮如童裝模特兒，連我都覺得陌生的臉蛋，被父母寵愛至極，眼神自信，是尚未遭遇霸凌的年紀。那也是九〇年代中期，我在父親員工旅途中複雜了童年的境域，不斷深刻化臺灣認識，我在那初次遇到年紀與二爺爺相近的老兵老俞。

那年的員工旅遊、遊覽車駛出公司大門，隨即鞭炮大響，這是習俗；遊覽車窗外，看見清晨六點薄霧中的省道善化，這裡也是發展早於南科、且與鄰近新市大營、直至永康鹽行串起之舊式工業區域，我們都至少有一個親戚任職於此、我很快注意到老俞一個人坐在雙人位置。與我平行、隔了一行走道，父親笑著同我介紹、跟阿公說話要用國語、阿公家在新中，從大陸來。雖是如此，我還是不敢跟他互動，可往後三天兩夜旅途，一有各自活動的空檔，我便開始急著巡視老俞的身影。

至今我仍不明白、急於尋找老俞的心情，像跟蹤，我是一隻小匪諜。是有很多話我想告訴他？我渴望拉他一起行動——我在武嶺看見他，一個人肩起小學生背包面對雲海，公司女會計撒嬌、拉他合照、他靦腆答應了；老俞只高我一點點，當時我才一百四十公分；我也在花蓮七星潭追問母親老俞去哪裡？老俞在花蓮海域眺望，那是太平洋，不是臺灣海峽，我才想起一百五十幾公分該如何長途跋涉、他是怎麼走過來的？羅東體育公園拍攝團體照，老俞蹲在第一排最右方，一手拉著寫著公司名號的紅色布條，我與母親則站在老俞的後面，宜蘭的日頭讓照片嚴重曝光、大家瞇眼如睏貓，老俞因頭頂無毛，整人陷落在一片光圈，讓我想起那幾年火紅的宋七力。圍桌吃飯大家搶著老俞坐，老俞是我們全團開心果，確實他一直保持微笑，分配房間和他同住的是另一名資深員工，極善飲，據說晚餐用完都約老俞去附近夜市喝臺啤。

那次旅遊的終點站是阿里山遊樂世界，說是阿里山，其實已在平地中埔，遊客十分稀少，或我們抵達時間非假日。我剛念小學四年級，因佔用上課日，父親還替我請假。當天園內只有我們這一團，像包場，園區十分老舊，科隆聲運轉中的遊樂設施，如一隨時支解骨散的老人，無人看顧無人剪票，褪色的看板為西北雨洗刷，廢置的舞臺，異國的表演通通停擺，據說園區隨時有易主的可能。也是，我們一邊玩逛，工人即一邊拆除，身邊遊走大型怪手，像小丑遊行嘉年華，原來遊樂園不過是一精緻佈置的大型工地，而我正見證一童蒙時光的死去。有什麼比荒蕪的遊樂園更令人空惘？不用排隊大家去坐旋轉木馬，少數能運轉的設施，老爺不夠高只好與一群女工挨擠坐馬車；下車又集體揪去逛鬼屋，鬼屋入門設計以一殭屍大口，我們入口，帶隊的正是中華民國國軍老爺。

更多時候我們躲太陽，買貴到驚人的園區飲料，熱狗和爆米花，大家都在等待歸途，遊興耗盡。空蕩的阿里山遊樂世界，我記得有一款噴射機，得以升空如飛天小象，名之為「時空要塞」，老爺排在第一個，我有一點懼高症，被父親拉著強迫搭乘。我們的模型機次序在老爺的後方，「時空要塞」不斷起飛、降落、拔升七八分鐘之久，拔升能俯瞰阿里山遊樂世界，母親地表上為我們攝影，我的目光卻緊緊追著老爺。因機械運作，我們保持安全距離。當時私以為老爺不過是老頑童，老人囝仔性，大家在地面、仰頭笑他，行文至此我才驚覺他是空軍，這是隱喻了。

持續跟蹤著老爺。

想對他說什麼？一個臺灣囝仔、一個老芋仔、遊客寥落嬉戲場，四處封鎖線。

持續、持續跟蹤老爺。再不快點說，就要歡唱國道、賦歸了。

持續、持續、持續跟蹤著老爺。

體力透支、不過幾天行程我用腳過度，哪跟得上老爺！南下路段頻頻昏睡，連休息站都忘了去，清醒時已在父親的小豐田。

阿里山遊樂世界在我們離去不久歇業，更早之前它名作吳鳳紀念園區，現在變成以閩式古厝主打、是搭建無數先民文物蠟像館的中華民俗村了。

## 龔僅然案例

初見他名字是在一份金額一千三的白包，那是曾祖母過世期間，我因胃疾請長假在家，剛好幫忙並不識得太多國字的伯公與阿嬤洽理外務：點收花籃、接贈輓聯、在路邊監督帳棚搭設。那陣子我且在腰間配帶一如市場大拍賣黑色霹靂包，我最重要的工作即是收白包。

收白包的工作著實傷神，除了確認款項、還得認人，鄉間路上我們都習慣喊稱謂，什麼楊鬧就是菜瓜嫂、楊禮是飼雞耶、楊吳憨大家只認得她兒子是小學教師，為此謄錄白包主人，除了記下全名還得同時標註代號，避免喪禮完畢毛巾給人漏勾、那就難為情了。

那年曾祖母喜喪緣故，幾乎到手的都是紅包、只有少數白包而十分顯眼，再且姻親數量龐大，一整上午我得經手數十萬禮金如銀行辦事員，當中伯公負責送客、阿嬤清點金額，我則負責謄錄奠儀禮金簿，比如楊禪一千五，然後括號寫村長；楊樹達兩千五括號寫賣冰枝；龔僅然一千三。等等、龔僅然是誰？

我長成於一個全鄉有百分之六十姓楊的臺南大內，且因係開臺祖緣故，住在方圓五公里內都是楊家古厝開枝散葉的親族，為此遇見如此特殊姓氏我很快便聯想到應是外地人。我努力向阿嬤發出龔僅然三字，她無法聽聲辨人，又遲遲記不起到底是誰？只好開始調動記憶，溯想白包送抵的時間、來客前後順序、甚至金額多寡身分劃分等；問伯公他說也不知道，奠儀實在太多、除了奠儀，「行腳到」禮數大家都沒少，伯公為此忙泡茶招呼一整天，用掉好幾罐茶米葉。

守喪的十二月的寒流季節，因一包寫著龔僅然的白包，我穿著冬季外套，開始挨家挨戶像查戶口探問龔僅然是誰，為了怕別人忌諱，還將名字特抄在一日曆紙上，引起不小騷動，厝邊隔壁紛紛聚集到了喪棚下，開始跟我做伙辨認龔僅然三字？嬸婆叔公們都不太會說國語，我努力發出龔僅然三字的聲音，也嘗試將他轉成臺語，唸成「阿然仔」、「阿龔仔」、大家仍搖頭晃腦。該不會送錯的吧！那還真觸霉。

最後是阿嬤靈機一動，破口而出說是——甘是素秋仔伊尪、彼箍外省仔？一時大家腦袋如集體點亮光明燈牆、也像骨牌效應般紛紛稱對，連我也感覺不會錯，便開始將素秋仔與龔僅然可能的線索連結。「對、對、對！平常攏用素秋仔的名，莫怪大家認不出來。」、「對啦，彼個人姓龔沒錯。」阿嬤說我們家和素秋仔往來好幾十年了，雄雄換一個名，煞不知道是誰。

我只知道龔僅然為素秋仔招贅，姑讓我喊他一聲龔爺爺。他們的住家緊鄰在我家不遠處一座二分地文旦園，算老厝邊。外觀如農舍的單層水泥建築，屋前有小塊花園擺滿各式盆景，屋後是一延伸增建的鐵皮屋，記憶其實十分模糊，只知道從前我與一夥玩伴常到文旦園後、一塊原打算作為倉庫的空地打棒球，我們的強棒不管高飛平飛全壘打，總會精準擊中那鐵皮建築，吵醒睡在屋內的赤膊男孩。初始我們會立刻鳥散躲進文旦園，任憑他以粗暴三字經辱罵我們，那也是正午時分，大家都在午睡，我們真打擾到別人作息了，接著素秋仔出來面對空無一人的荒地好言相勸。我躲在文旦樹間聆聽素秋仔臺詞、隱隱約約看見一巨大身影在窗後門後，現在我猜想、他就是龔爺爺。

赤膊男孩、他們的兒子、有吸毒前科，像他這樣一外省第二代，卻長成於一閩南聚落裡還有很多，譬如父親那跳八家將後來升格王爺乩童的水泥工換帖，或那全家陸續搬離大內，最後只留一人根留大內的中年搬運工，也曾加入父親的宋江隊。直至今日我也才能嘗試進入如赤膊男孩一代外省男孩的內心世界，不同於年幼時期先驗的畏懼——甚至謠言他會找來幫派兄弟綁票我們。

赤膊男孩跟龔爺爺體格臉型都十分神似，赤膊男孩如何以穢語嚇阻我們，一如龔阿公如何沉默失聲在一偏鄉山區文旦園。

龔爺爺的代步工具是一輛腳踏車，我常看見他從山區而營區而省道方向騎去，我猜想那是他工作的地點，來回至少十餘公里；我猜想他們收入並不富裕，至少素秋仔那幾年大病小病，一度因糖尿病得截肢，兒子獄中獄外累犯再犯，龔僅然依然日日單車身影在早上七點半的省道上、在黃昏日落的省道上。

我開始認識如龔爺爺流亡的一代亦是大學之後的事，我並不能十分傳記式地記住他，只剩下幾組關鍵詞彙如退役、榮民、老兵等重新認識在我身邊的老芋仔。龔阿公是我生命中第二個老芋仔，卻是我成長環境中唯一的一位，不帶任何成見，我喜歡老芋仔三字、像黃克全那篇〈老芋仔，我為你寫下〉，我決定替龔爺爺寫下。

二〇〇〇年前後，道路拓寬緣故，徵收部分文旦園亦同時徵收龔爺爺的一樓水泥屋，最後搬到離大內更遠的柳營，一處叫「果奇後」的村落。搬家對七十幾歲的老人家簡直是折磨，對龔爺爺來說這又是第幾次？庄腳所在搬家是三姑六婆最新話題，沒人會插手遞涼水，在騎樓觀望如一小團體，且幫你複習一家族數十年來的功過，我感覺大家在投射，大家都想離開吧！甚至沒有說再見！我也在投射——真好，我從小最大的願望就是離開大內。關於龔爺爺一家的消息，再來都是噩耗了，先是素秋仔的死訊，消息到時老早燒掉送進塔，阿嬤最在乎的並非未及送她一程，而是沒有及時包上奠儀——唉，收她這麼多包，一包都沒還、她那個兒子不成材，彼個外省仔亦不知通知，實在是。

有一天，我發現八十多歲的龔爺爺騎單車回來大內了。

那是素秋死後一年，一個上至伯公、下至我輩都未曾老老實實接觸過的老鄰居，妻喪後竟然回來了。他將腳踏車停到我家門口，然後辨識著門牌如新任郵差，立刻引起騷動。大家圍靠過來，除了不斷重複好久沒見、再沒有更適切的字眼，從前並不十分熟識之距離，讓現下熱情越發真實。我想像那幾年龔爺爺是否趕上了回陸探親熱潮、這次他回大內遂如另一種省親，我的心中有一份暗喜。

我還看見伯公勾搭著他的肩膀，來到已被我們當倉庫的曾祖母故居，那裏面一座座文旦山丘，擔任守衛的龔爺爺穿著制服，顯然是下班直接趕來。原來騎了兩小時的腳踏車，他是特地轉到故鄉大內來向伯公買文旦呢。

我趕緊跟上去，連阿嬤都出來。龔爺爺只會一點點臺語，伯公與阿嬤則是一點點國語，我在身影與文旦丘壑間打轉，知道要寄回大陸，說以前常吃我們送給素秋的文旦、酪梨、龍眼……我並不知道交易後續，猜想半買半相送，隔天有一宅配的黑貓運走了十大箱。

那是我初次亦是最後一次細看龔爺爺，傍晚臨行前阿嬤擔心他只顧送人，還在他的車籃放了一粒特大特甜文旦柚。黑夜就要來臨，襯著晚霞大景、我在騎樓盯著他單車離去，遲遲不願進門，直至他隱沒於一片芒果色日落，像還看見他車籃內那碩大肥美文旦柚抖動著彈跳著、搖搖晃晃寫成了一枚句點。

龔爺爺是我人生第二個老芋仔，那個文旦季過後，我不再看過他。

# 第七座公廨——致謝一座聖山

來到第七座公廨時，我就決定認輸。

在我所生長的大內山區，散落至少九座西拉雅族公廨，祭祀著也稱阿立祖、阿立母、太上老君的平埔神祇，不設神偶，只見瓶杆數支，謂之拜壺民族也。其中最廣為人知當為「頭社公廨」，別名太上龍頭忠義廟，也是數十年來關乎大內平埔族研究，諸多前行人類文史學家的第一站，亦是我的第一座公廨。「頭社公廨」一旁茅屋即為陳金鋒文物展示館，公廨廣場上的地磚你得低頭仔細看，鑲嵌一支白衣少女牽曲隊設計，讓人忍不住繞路，就怕打擾她們練唱呢！「頭社公廨」前方築建一間養護中心，照料多數臺南山區行動不便老人族群，其中一個病號即是我的阿嬤。五年來，在我固定南返的週末，驅車看她除了帶上一包葡萄，也定將她推至圍籬邊來參拜與她相熟的阿立祖。阿嬤面容深邃，膚色如熟透的酪梨果，我曾判斷她是平埔仔，卻不敢輕易說出。外曾祖母據說來自佳里興、是昔日平埔四大社之一的蕭壠社姑娘，外曾祖母另有一換帖姊妹是平埔族尪姨，兩姊妹數十年前相約嫁至大內，我記得那尪姨後來在我家附近開了宮廟成了女廟祝，我還得喚她一聲名義上的姑婆，阿嬤血液中是否流有平埔因子，她未曾向我述說過……漸漸我卻想起來了。

公廨作為昔日平埔族議事中心、族人聚會場所，現今大概只存下祭祀功用。有公廨的地方便生產平埔文化，而我正置身荒山野嶺，獨自面對名之為「大匏崙」的第七座公廨又是為什麼？「大匏崙」地名極富想像空間，猜之大概也是平埔文化殘餘，地點只距離南瀛天文臺幾步路，規模則較之頭社小上許多，可我喜歡這種迷你建築，類似漢人的萬應小廟仔，儘管意涵大相逕庭。「大匏崙公廨」四周為農作物團團圍起，十分隱蔽，外地人不易發現，這也是我的心靈秘境。十幾年來，我常午後單人騎車至山區來與這九座公廨對望：「環湖公廨」同樣為農田包蔽、「埤仔腳公廨」建築外觀類似頭社；搭在顛簸更深山之處，耗光我一桶機油的「其仔瓦新公廨舊公廨」，那兒還有一間已停止招生的分校，不對、是分班，是我心中最理想的求學空間。十幾年來我沿曾文溪爬高落低，途中也曾見一山羌與一野豬，只為來看靜靜的九座公廨一眼，我感覺山中有人等候我，祂在向我述說、你要來認識！你是我的一部分——

記得在「頭社公廨」，無人的午後，初見一張令旗，當我細細讀出新港、篤加、蕭壠、社仔、灣裡字音如驚動天地精魂。我知道平埔族流傳一曲關於七年大旱的歌本，每年祭時歌者無不哀泣欲絕，因而下令禁唱。當我靜靜坐在第七座公廨前的水泥平地，聽南風吹拂過植有酪梨果的惡地、吹過網室木瓜園，再隨曾文溪水向我送來悲涼的樂音，我能聽見什麼？這篇文章從原本萬把字退卻到幾千字；從四月寫到七月我仍難以下筆，五六月梅雨季日日阻擋了我文字的去路。西拉雅語言已流失，我又如何能以語言再現他們命運於萬分之一？連此際我在桌前振筆，窗外亦有拆屋工程轟轟然干擾，為什麼我又執拗將它寫下？

平埔族公廨作為早年西拉雅文化移墾具體說明，我們遂能假設古厝是勝利之建築，公廨遂係敗退的證據。我當然看見族群融合、通婚、衝突，婚姻即是衝突的一種。我也知道自己是三百年前至此地發跡的漳州漢人十世孫，勝利者的後裔。今日重新進入西拉雅聖山，但見眼前險惡山勢、惡毒陽光、雨傘節為貨車壓死乾癟在劣質柏油馬路面，我脫水、曬傷，才終於抵達第七座公廨。可這裡不是7-11，沒有冷氣與冰品，農用水井漂浮隨意丟棄的農藥罐，我猜想只有西拉雅人得以在如此惡劣環境存活下來，為何我還欲以文字征服第八座、第九座公廨？沿玉井、楠西、左鎮、甲仙奔去尚有多少祀壺小廟在山中等我？為什麼我不認輸呢——

我不過在這片尚未有更多文字論述、研究文獻的新大陸拓畫另一條冒險地圖、我不過是在打造私房景點，得以提供後來者當旅遊座標，扛攝影照相器材欣喜奔至；為什麼我執意複雜自己的血液，只為向你證說我也是平埔族的後裔？我是流有西拉雅的血，一九九九年曾祖母喜喪的訃聞上，我讀到無數買姓毛姓的親戚。買姓在今日臺南左鎮仍屬大姓，也是平埔熱門的漢姓；而今頭社聚落仍有毛姓居民，我的堂姑即嫁至頭社當毛家媳婦。一九三〇年代，人在臺北帝國大學的伊川子之藏教授來到頭社從毛來枝手上得到關鍵的牽曲歌本，毛來枝又與我有何干係？那歌本辭意至今無人能解，七十年過去，當我趕到臺大總圖調出復刻版本的《南方土俗》，在我手中的方塊印刷字竟是聲音的史料？還是語言的殘骸？我在密集書庫碎碎唸讀了起來——眉於蕉牙龜阿那／夫媽笠媽犁偶倫／犁偶里偶倫衣天／夫媽高落高落兀……透明玻璃帷幕外頭突然滂沱大雨，難道我唱出歷史的哀音？像回到山洪暴發南臺土石警戒區，我聽見鬼哭神號！

十四歲那年，我每天偷騎母親的摩托車只為了來看那柔美的祀壺一眼，神秘的祀壺，造型殊異，瓶瓶罐罐裹上一紅布、插上一葉澤蘭，據說有避邪以及防臭功能。祀壺內住了名之為「向」的靈魂，「向」是什麼？我想像「向」是一陣輕煙，散游族人腳邊與手邊，當你在最危急時刻給出援助，「向」會在我為難時刻給予我援助嗎？也是十四歲那年，我花了兩個禮拜生出一本厚如結案報告的平埔族作業，還用文件夾仔仔細細收藏，那亦是我中學六年最得意的功課，不為分數，只為探索內在心靈，日日躲在小鎮圖書館翻讀石萬壽的《臺灣拜壺民族》，「協和臺灣叢刊籌」是我的入門書單，然那作業始終我感覺不夠完整，憑據薄弱的知識，撥接網路又不方便，心中直有憾念只因我得認識祢。

所以再次重回公廨只為完成當年未竟的報告？我是最近讀了潘英海的研究才知道未及百年的平埔族論述，已有二三十名專家學者至頭社或蹲點或參訪，這支研究隊伍包括戰爭時期人在帝大的金關丈夫與國分直一，戰後任職臺南文獻委員會的吳新榮等，他們或長或短的考究田野，他們的文字敘事之中，是否意外載下當年忙於收成討賺而出沒西拉雅聖山的阿嬤、舅公？我作為在地囝仔如今又複製他們的視線到訪一間間已與史料照片面貌相去甚遠的公廨，我又能看到什麼？我該寫下的明明是專屬於我的平埔記憶啊，那才是誰也盜取不了的故事、連山洪暴發也阻止不了、沒有一本研究得以收錄。

當我年幼，阿嬤口中的平埔故事是在秋天透涼風的夜晚，聚落少女放下了功課，開始團練起了牽曲。她們的歌聲自內山順風飄到了鬧區，傳到尚未入眠的阿嬤耳裡，阿嬤徹夜難眠，因祖父剛溺斃在曾文溪，深夜偷偷哭泣，只有阿立祖聽見，像來告訴阿嬤——沒事的，我的女孩，妳能走過來！我為此說法入迷不已，十四歲的夜晚，不眠的青春期男生也等在二樓後陽臺，凝神只為聽取是否真有來自頭社的牽曲，我的眼前飛有一群復育成功火金姑隊伍，我看見黑的遠山，光的音符，我彷彿聽見圓仔吧午落午來／落蕉加地無午笠／加何於高媽河眉／落阿河來賢高笠……

記得小學時代，我從圖書館借出黃文博的《南瀛地名誌》、吳新榮的《震瀛採訪錄》，嘴巴吐出一個個連父親也未曾聽過的地號：「老邱空仔」、「馬斗欄」、「竹湖」、「滴水營」，阿嬤通通記得，聲音的記憶得以讓死去的空間復活，那些阿嬤年幼徒步走過的山谷，如今她行動不便坐在客廳為我講述的地名學，她的發音領我重返陌生的山路，我遂看見自己站立曾文溪水與丘陵惡地的交界地帶，身體正為無數圓仔花與雞冠花團團圍起。

也曾參加平埔夜祭，在農曆十月十四深夜與高中同學偷騎機車摸黑到頭社，彼時公廨祭典已頗有規模，親至現場的除了政要官員，更多是鄰近臺南藝術大學的研究生。那年頭平埔已是熱門主題，報導文學又屬平埔題材最屬大宗，我在公廨看平埔夜祭也有漢人祭祀的燒金紙儀式，看炎炎大火燒出平埔熱，燒出一群像我這樣解嚴後出生的臺灣孩子。原來我的內心也有一甕祠壺內的清水，終年澄澈，歡迎野生蟲隻前來汲食；我多想加入牽曲少女歌隊，吟詠斷腸的調仔、半夜牛飲生豬血、豬頭殼與圓仔花、雞冠花、檳榔，入夜公廨燈火四起，我在龕前凝神呆望頭社公廨那張令旗，我重讀上端字句，有回音自天地傳來圓仔吧午落午來／落蕉加地無午笠／加何於高媽河眉／落阿河來賢高笠，這是災難的曲目，苦旱的哀聲，我記下來——

現今大內多數重建後的平埔公廨已失去固有風貌，外觀倒近似臺灣民間的萬應公廟，成為所謂漢化的痕跡。漢化實是最俗濫的修辭，所有惰性紛紛包裝以漢化、歸咎以漢化，漢化如果不等於現代化，漢化到底是什麼？在這以貪官污吏為優先考量的時代，平埔文化的維繫無疑是邊緣的邊緣、弱勢中的弱勢。我沒看見漢化，我只看見貧窮、廢校、空屋、休耕田、流失的語言……

五年前初來養護中心，我便察覺頭社公廨蓋在後頭，清幽的山境，心想該是全臺最具人文氣息的健康機構了，心情於是寬慰不少。隨後至人聲雜沓的視聽中心探望阿嬤——阿嬤因外籍看護深夜逃家，緊急送到醫療設備比起家中更完善的看顧中心。我擔心的是八十年歲的她心中除了不適應，我又該如何理解八十歲老人為人放棄的心情？我以為她們如同母女。緊急南下給她打氣，阿嬤定有更多話想告訴我吧。十多年來我聽她一件件講出來，聽她講少女時期如何一人牽五頭牛、在山區向日人兜售自製的甜粿；她嫁至楊家從喪夫到獨力養大三個孩子、為什麼會同意二爺爺住下且鑄下大禍。我通通聽進去了，她是否以為當天如果我在家，必會投下反對送她至養護中心的一票，只因我們也情同友朋，我不能告訴她其實內心我是完全贊成的。

五年來，複製如過去數十年來訪大內的人類學家路線，先自大內楊家古厝出發，後沿曾文溪水挺進頭社聚落，我來看阿嬤也同時考驗自己的平埔功課，如當年不夠滿意的鄉土作業、今日加上阿嬤的病，提醒我——你沒認識我，你是我的一部分。

可我能做什麼？也只有連續兩年母親節策畫至半山腰土雞城品嚐平埔美食「莿仔

雞」，火力全開打造大團圓劇碼。「莿仔雞」料理近年是山區人氣佳餚，此等亞熱帶植物據說能治痠痛、對筋骨尤有幫助。我的飲食神經向來麻木，挑餐廳已耗盡心神，加上阿嬤不宜遠行等種種考量，就近選在養護中心不遠處一間「山之內」。我不過是二十初頭歲的孩子，如何讓家族整隊、心服口服聽我的指令只為阿嬤慶祝，阿立祖也默默在看呢。

遂記起有一年的母親節，我與大哥先至養護中心接阿嬤，見她的胸口別了一朵康乃馨，猜想該是阿嬤當母親六十多年來的第一朵吧，護士的貼心讓我忍不住鼻酸，誰知護士更鼻酸——唉呦、沒看過這呢乖的孫仔。我和大哥面面相覷，這有很難嗎？

其實不容易。阿嬤因身形壯碩，抱上抱下是大工程，通常得勞動父親小叔前後接應，母親後頭隨時送上輪椅——抱起阿嬤轉身坐輪椅的moment非常重要，落空那就害了，我則負責打開黑傘幫她遮陽擋風，像迎娶老新娘，可不是、大哥的新車夠寬敞夠氣派呢。車至土雞城，那畫面是這樣的，導遊姿態的我只差沒舉旗帶路，先衝至櫃檯交涉，執意挑選一方便出入的桌位，紛紛呼喚蠟像般的家人入座，各自瞇眼讀起了菜單，這飯局我已盼了二十多年，不會是假的。二十多年來，我們一家外食不超過五次，早前二爺爺仍在，所謂全家團圓吃飯大家都怕，我也很怕。可每次看見厝邊在替嬸婆姆婆過母親節、做生日，我總故意繞到騎樓，偷看別人一家唱生日快樂歌，她們會切一塊蛋糕給我、她們摟抱親吻的畫面如特技表演震撼我的內心。為什麼沒人願意為阿嬤慶祝母親節？再不快點就來不及了。

這麼想著，遂將平時餵養阿嬤的工作交給父親，拉他挨坐在阿嬤的右手邊，看他一匙匙替阿嬤吹氣、餵湯，這畫面也是真的。彼時阿嬤勉強能夾菜，我注意她連續挾走兩塊三杯土雞，胃口居然不壞。阿嬤不喜添購珠寶衣飾，一生最大成就感即來自於燒出一桌好菜。記得從前她在廚房煮飯，我喜歡拉張椅子，站高高像在監督她的廚藝，阿嬤衛生大概是不及格，可手藝在妯娌團隊當中卻是佼佼者。病後她不能吞嚥一段時間，當日卻連喝兩碗「莿仔雞」湯，我看了也很有成就感。

飯後，我建議母親一同推著阿嬤走回不過十分鐘遠的養護中心，那也是我這輩子做過最有意義的事、傻事，連母親也常拿來說嘴、說我們如何沿產業道路、切過二分之一的頭社聚落，自黃昏走到了天黑，沿途滿山林的芒果樹當成背景，以及民宅的日光燈為我們三人照明，記得大家都在看我們呢。

最近翻到潘英海先生二十幾年前繪製的頭社村地圖，如獲至寶，細細盯視。定是有心人才會為偏鄉載下幻變的地貌，那也是搶救的藝術，生命的美差。我在簡單的幾何線條看見平埔的脈絡、西拉雅的紋路，看見芒果色黃昏我們三人拉長的身影，款款推著輪椅，走過衛生站、草藥店、頭社國小、頭社教會、派出所，手上一頁論文突然十分溫

頭社公廨內部：新港、蕭壠、灣裡，祀壺、牽曲、阿立祖，我的西拉雅地景課。

燙。山區傍晚，陸續有人車歸來，阿嬷也要回到她的小病床、小坪數，輪椅上她想些什麼呢？當我年幼，鎮日在幼稚園謀劃如何爬窗逃學，卻遲遲不敢行動，只因家中大人出門，阿嬷被載去耕二爺爺的田，我委實沒有任性的本錢。五年來，阿嬷也未曾開口要求回家，大家都忙，她知道。我們祖孫倆什麼都不像，就怕勞煩別人，佔了人家便宜呢。曾經我也擔心阿嬷因性格低調、不喜出門，沒朋友，高齡入住得以適應團體生活？後來聽護士讚她是院中的班長，也能跟外籍看護鬥嘴，玩互說我愛你的遊戲，我覺得驚訝極了。阿嬷人生最後五年以頭社聚落為根據地，以平埔公廨當傳記襯底，阿立祖是我們的見證，這才是專屬於我的平埔族記憶，任何一本研究書籍都難以記載。

所以來到第七座公廨時，我告訴自己可以了。

這裡不是7-11、沒有集點活動，我的野心太大，即算征服九座公廨又如何？我手很痠，我口很渴，室內室外溫度不斷飆升，臺南山區頻傳獨居老人熱死的新聞。難道我已在行文中誤闖了傳說為人燒掉的禁忌歌本、內載關乎七年大旱的述說，述說糧食缺乏、也得奮力活下來的冒險故事？我是看見乾裂大地、焚燒的氣流，故事卻溢出了傳說，實實在在刻印於偏鄉一寸一土。我故鄉阿立祖祂賜給我隱喻的7。7是什麼？我耗光體力，我將臥倒於文字的慾望、暈厥於書寫的死谷、再現的幻覺當中。祂要我在第七座公廨止步、心中搭建起一座溫定的公廨，我得跟自我的書寫和解——看幸福的圓仔花、雞

冠花為我盛綻，未來的日子並不容易抵達，躲在拜壺內的阿立祖祝福你我人生路上永遠
Lucky Seven。

# 關仔嶺的故事

第三次來到關仔嶺只剩下我一個人。走在午後的大仙寺、碧雲寺，平緩的山勢、溫和的巒線是我的心情，水火同源有燒不盡的天然氣，我不再因父母暴怒而恐懼；非假日、無綿延的人潮與車潮，我也不再因塞車而恐慌焦慮——我正列隊一支參訪東山白河的作家隊伍，年紀太輕卻是舊地重遊，幽靜產業道路，老樹、古剎、溫泉，連髮夾彎都顯得可喜。第三次來到關仔嶺，我亦只是短期歸鄉的遊子，這幾年長期性寫作與系統性閱讀讓我精神耗弱，似乎只有故鄉山色足以撫慰我的躁鬱，我的內心燒有一盆無名火。關仔嶺得名於地勢險峻，登之如破重重關卡，我以筆築構自己的關仔嶺旅事——是情關、路關、車關、火關，是成長史也是家族史。

第二次來白河其實沒登關仔嶺。小豐田坐著父親與我，還有不太能走的阿嬤、八嬸婆與八叔公，後方緊跟三四輛載滿厝邊隔壁的轎仔——我們受邀來吃一桌蓮子大餐。經商有成的親戚替故鄉父老訂了五六桌，卻糊塗忘了安排交通工具，那天近午時分大家仍在山區大內候車，誰知根本不會有遊覽車，一時慌慌張張，快找來誰家的兒子幫忙載，父親因此臨時成了一個司機。高溫夏長，興致壞掉一半，誰還吞得下蓮子大餐？再說父親根本不想來，匆匆忙忙上路，沿途委委屈屈。

不想來，概因多年來我們一家外食常莫名被人搶先付了帳。父親敏感，無來由的善意讓他分外受傷，滿嘴全是為什麼？父親排斥外食、請客、吃是很私密的事，他參加喜宴都吃兩道菜就走了。

那幾年逢白河蓮花正享譽全國，蓮花節開啟一鄉鎮一物產先聲，身在臺南的我們都有一部蓮花經，蓮藕、蓮子及其相關產品：養生的、美容的、烹調的，印有蓮花圖示的傳統衣衫是許多媽媽的最愛。臨時帳棚下的農產品市集人潮團團密密，白河路邊是一池連過另一池、另一池的蓮風景。當天我們未及賞蓮、二十幾個老人不顧腳疾、奔進餐廳，記得那餐廳建築頗有古意，入口有造型牛隻供遊客拍照；我們也未及駐足便趕緊就座享用起蓮子華宴。晚到了一小時，又執意前來、受到招待，桌上鏗鏗鏘鏘動起了碗筷，面對一桌菜色，我也一臉菜色，忍不住懷疑起自己是否露出貪吃樣呢。

記不得蓮子大餐的內容了，因是預定桌次，菜都涼了，餐廳爆滿，那頭有人撞到上菜的服務員，熱湯濺了滿地；那頭有嬰兒哭啼，哄騙不止。我感覺自己食不知味，冷氣很強，每個人卻全身重汗。飯後大家相約關仔嶺、大仙寺、碧雲寺，參拜燒香行程是老歲仔人的最愛，那經商有成的親戚看到阿嬤好嘴甜，說小時候阿嬤對他多照顧、堅持載阿嬤一程，父親但見車龍迂迴三四公里，天一邊是烏雲密佈、一邊熱天毒日，他一心急著回家吧？同車的嬸婆團隊堅持前往，已換搭別人的車輛，阿嬤也想去吧？我一邊忙著安撫父親暴火的心緒，一邊拿阿嬤的腳不宜走山路當理由，最後三人提前回到大內。

為什麼不去？那已是十年前的事，現在想也沒機會了。不同於年老四界遊山玩水銀髮生活，阿嬤六十歲之後進入醫病日子，疾病是窮人的行旅，她病了二十幾年，同年紀的妯娌都忙辦護照玩出國，她是坐車看病當娛樂，最後包袱款款仔住進養護中心。阿嬤在今年六月離世，我尚未回過神來，突然想起那個蓮子大餐的午後，嬸婆們各個身懷打包絕技，阿嬤也在打包，我卻氣憤不願幫她提菜尾，感覺羞憤、還故意躲上車，讓她在路邊神色倉皇地找車也找我，又是為什麼呢？

所以來到關仔嶺就有那麼一點暴躁、一點憾恨，擔心風景名勝人潮、同時擔心沒停車位原車折返，火山地勢委委屈屈，像第一次初至關仔嶺。

一九九六年左右我第一次來到關仔嶺。初見水火同源，小學生的戶外自然課，大驚奇，石壁上為人祭祀的不動神王尤其吸引我的注意，祂熱嗎？聽聞早年火勢更加旺烈，在這高溫南臺灣，我也替祂流了滿身大汗，祂熱吧！一九九六年關仔嶺的故事，我們也在附近小吃部點滿桌的山產土味：什麼火炒螺肉、脆筍熱湯，記得母親挑了許多醃漬的筍罐、剝皮辣椒罐、我陪她蹲在地上選野菜，其時她不過三十初頭，卻有女主人風範；

也是初次拜訪火山碧雲寺，神龕上菩薩的法相，兩百多年前是誰來到此地靈修參禪？兩百多年後迴廊走動的老尼，對比現下滿坑滿谷的遊客又到底向我隱喻什麼？我們以瓶裝據說具療病效果的山泉水牛飲，喝完不小心一家四口竟失散。

走失火山碧雲寺，聽起來像通俗小說了。實則哪都沒去，手機尚未普及的年代，我與母親等在碧雲寺入口右手處，大哥與父親等在左手邊，我們都明白門邊最能碰頭，卻不知一家四口早近在咫尺，人潮香客不斷進出擋住我們的視線，我們只差幾步路，最後迷走碧雲寺長達一小時，熱暈過了頭，坐上冷氣剛開的小豐田，我的內心燒有一盆火，車子塞在半山腰，車內的我感覺就快熔化了，那次出遊是一場災難，車上我們不斷解釋、爭執、懊悔、思緒鑽牛角尖，為什麼會受困在這山頭？車速剩二十。我想起小學六年讀過來我都活在父母爭執的暗影底，長期心理壓力讓我過得很不快樂，我是多麼渴望家族出遊，誰知出遊卻讓我更不快樂。

第三次來到關仔嶺只剩下我一個人。除了碧雲寺、水火同源，才初次看見滿山的橘子樹。我只識柳丁，不知臺南也栽植橘子，那才是僅屬於我一個人的關仔嶺記憶，途中不斷剝橘、吃橘、吐籽、再剝橘、吃橘，橘子甜分水分極高。順遂的車況，平坦的路面，髮夾彎也顯得可喜。終於靜下來、讓車窗外的臺南風景團團湧入我的內心，我吐籽，這是第幾顆橘子呢？同車的資深作家贈我以一顆新橘，我吃之、心頭忽然一陣酸楚。

# 空襲警報酪梨園

花窯頂植酪梨樹，「長仔」早結果，「紅心圓」隨後，我們都喊酪梨一聲阿姆卡洛。

整個七八月由阿嬤領軍，補上假日才客串的父親與叔叔，和負責喊口令的我摩托車共兩臺來回進攻花窯山頂，我初至花窯頂時已不見當年燒美窯的大灶，只有花窯頂坡一棵棵酪梨樹閃生防風綠竹林，酪梨畢竟怕強風折枝，落果就慘了。

據說臺灣最大酪梨產地在大內，從前二爺爺當酪梨班班長，夏天時常手持三大本名冊，詳實記錄全鄉酪梨園植栽進度，打團體戰，拚好價格。酪梨紅過，農民爭植酪梨的下場是果賤與低額，可唯一讓阿嬤賺過大錢的果子也是酪梨，酪梨一定有紅過。

記憶中酪梨天價一九九八，春末二爺爺即預言將是好價數的一年，雨水順，姆婆家酪梨果實包不完，還聘高職工讀生幫忙，我們花窯頂的酪梨挺爭氣，父親叔叔酪梨樹一棵猴跳過一棵，他們兄弟是不落地的，阿嬤比較矮，低矮果實她全包了，其餘時間樹下忙遞白紙袋，我狡怪，不輕易出手，酪梨園四處玩，跑去看我的曾文溪啊、偷窺園邊昭和古墳，弄得滿褲管鬼針恰查某。實則那白紙袋對我來說是惡夢，收成我總花好幾天將它們一一攤平回收，阿嬤說要做記號，我到「賣報紙仔」選枝粗頭簽字筆，逐袋寫下「楊」字，我共寫了三千多個楊。

那也是全鄉瘋抓酪梨賊的溽夏，時常傳來整園酪梨連夜被掃光的噩耗，有回八嬸婆晚飯七點突襲她家酪梨園，正巧和開小客車的外地果賊碰頭，荒山林野半盞路燈攏無，八嬸婆直看賊仔後車箱滿載歡欣疾行離去，八嬸婆不識車牌英文字母，咬牙罵著車燈車號七一三四。

我們家沒辦法夜宿花窯頂等賊，阿嬤得發落三餐。纍纍果實碰到爛價有時是家庭負擔，但當年價格極佳，滿園酪梨讓我也跟著提心吊膽。我心中漸漸有粒逐漸轉熟的阿姆卡洛，我喝酪梨牛奶，吃酪梨切塊沾蒜頭醬油，我們決心於花窯頂草搭一座寮仔嚴防小偷。

全家集體構想一座寮仔，像家厝的延伸，阿嬤祭出蚊帳酪梨樹頭勾竹林頭，父親蚊帳底放折疊茶桌，隨意擺幾瓶像剛喝過的紹興仔、礦泉水，竹篠躺椅小枕頭，這樣不夠，太安靜了，叔叔認為來點聲音製造緊張氣氛，弄來雙卡式ラジオ，開始我建議播大悲咒淨化惡賊心靈，被阿嬤罵，後來老兄與我集思不如就播當時剛出專輯的伍佰新歌〈空襲警報〉，我買空白錄音帶錄製單曲「空襲警報」連唱四十轉，那描述戰期百姓倉尋防空洞的臺語歌，全家圍著錄音機試聽都滿意極了。

寮仔草成後，從此車至花窯頂，老遠便能聽見酪梨園傳來伍佰嘶吼，伍佰幫我們看顧園仔，讓積債的阿嬤避掉酪梨災，難得發筆酪梨財。

「空襲警報喔！」

雨鞋、長袖、防蚊，我們又領風螺聲挺進酪梨園，鄰近營區戰鬥機掠過天空，我看見大型電扇狂風吹亂髮的伍佰，刷著電吉他咆哮：

「空襲警報喔！」

大家樹上樹下汗滴摘酪梨，熱昏頭，眼看還有近千顆酪梨，我得摸魚去。

父親、叔叔火氣快上來了。

不如趕緊到新搭的寮仔，慵懶睡個午覺，我想。

「空襲警報喔！」

# 這步田地

花窯頂、西仔尾、下洲尾、港仔、大溝、頭社……

早數不清家裡到底幾塊田，有所有權狀者，或祭祀公業分瓜來的幾分土地，十餘塊絕對跑不掉，朋友都羨慕我是田轎仔、是地主。

我確實是野長於田間的孩子，也可能真是大地主的後世。

國小時代，中午放學完畢功課，坐上二爺爺的鈴木和阿嬤三貼去「做事」，那許是我最貼近土地的一段日子。我初次在田裡遇見飯匙倩、野兔與野鼠；初次跌進不太深的水池，那水池附近散落農藥瓢匙，隨意棄置的農藥空罐混刺鼻的果香；初次靜下心眺望臺南丘陵稜線，高壓電塔上的群雁。夏季透南風，還聽見附近國中的放學鐘聲響；我也初次在田裡隨地放尿，有回忍不住想大便，二爺爺替我掘了洞，完事我像狗一樣踢土掩埋，好羞愧地落荒而逃。

有塊緊鄰曾文溪的小黃瓜田是我的最愛，卻是二爺爺的田，不是我們家的田。在那塊田我不守規矩，莽闖隔壁田家，撞見田中老墳並不感覺害怕，一下午野得沒見人影。

我獨自遊戲於芭樂園、荔枝園林，那幾年流行種酪梨，我看見滿樹的白衣酪梨，阿嬤說過她想種「長仔」酪梨。二爺爺時任鄉內酪梨班班長，人脈廣，秋天我們都同鄉內所有自耕農搭遊覽車去參觀肥料廠，團購有機肥，阿嬤自掏腰包，說她很想買有機肥。

出生農業世家，我深知農作的苦。農藥費、肥料錢、水源、成批的果衣與植栽支出，這不包括天災，或遇見歹價位時滯銷堆如山塔的絕望果實。有年暑假，我陪阿嬤在果菜市場賣醜極的樣仔，和販仔討價還價，不被信任，還要求我們當場拆箱，說怕我們箱底暗藏爛掉的金煌。

所以我不喜下田，大概與田有關的記憶都與分產相連，分產太敏感了，寡婦阿嬤在爭壞過程中敗退，每塊田都生滿是非。據傳當年大伯公怕我們分到良田，所以每塊田都得對半分，以便掌握我們家果樹的生長。實則阿嬤一個人，又如何耕起十餘塊田地？她不會騎車，收成都勞駕二爺爺開鐵牛仔運送。我曾坐在那鐵牛小英雄般行於產業道路，不明白同坐車上的阿嬤心情多麼複雜，遊街示眾，路人經年對她指指點點。

父親與叔叔，我想他們怕田，荒蕪的祖地述說著他們無能為力，兄弟倆孤放阿嬤在龍眼園、柳丁園滿頭大汗，中暑熱昏過去。

阿嬤走不動之後，十幾塊田日漸「拋荒」，父親曾動念辭職回家耕田，被母親與我力阻。我們開始把田拿來蓋鴿籠、搭農舍、或被政府徵收，好開心獲得百萬賠償款。

說很容易，不如回鄉當農夫。我沒把握自己真能甘心過成天滿手泥漬的生活，日頭炎炎，再多熱情我都需要涼蔭。在田裡我話很少，草木比人群可愛是真，但總不能太自閉。

最近回臺南，我偶爾機車慢騎四處巡田去，停耕的田仔，人般高的草，分不清果樹何在。無用鋁製水塔，破敗寮仔，家裡運來的廢沙發、茶具組東倒西歪如資源回收場。

我癡望著終將歸於我名下的廢田出了神，才發現，我已是個棄土不顧的人。

# 桌遊故鄉：黃昏啊

最怕突然醒在黃昏，大二那年沒來由作息顛倒，白天我精神亢奮趕教室上課，過了中午身體立刻提醒你該回房間大睡一場，那時我住在大度山頭，十九歲的中文系男生不野遊反倒鎮日昏睡？我需要大量的睡眠，像要把中學六年因過度早起而流掉的睡時討回，忽兮恍兮常在五點多醒來。

最怕梧棲港落日停在我租賃的六樓窗口，溫燙的地磚我站著——窗外是與故鄉相似的景致：龍井村庄頭大廟、附近民宅小學生的喧鬧、流動的菜車與灶燒的炊煙，那太像臺南；還好東海靜宜的男大女大生機車急駛東海別墅，提醒你此地是大學城、一樓房東太太款晚頓的油煙、夾雜工業區污染飄了上來，提醒你人已在臺中——你心情跌落崖谷，你別胡思亂想，快尋出電話播給熟識朋友述說鬱事，然後逐一打開日光燈。

黃昏同時在臺南。

我想像五點多時值壯年的父親正在鴿籠舞旗語，老家三樓曾加蓋有一座藍白紋路間隔的大型鴿籠，我將之戲稱為父親的避難所。父親生長在一個無父而外人介入的單親家庭，他無處可去最後躲上了鴿籠。記得爬上鴿籠的方式是在三樓窗口外接一個露天鋁製樓梯，我幾乎不曾上去，那時間我正繞著騎樓划搖搖車，聽父親天上傳來訓鴿的哨笛聲響、如果施放沖天炮，則是要嚇走歇在電纜偷懶的笨鴿——

我想像五點多阿嬤在後院老灶大粒小粒汗燒開水，我國小五年級老家才安裝第一臺櫻花牌熱水器，此前日日放學寫完功課，若碰上阿嬤在田、母親加班，我的工作便是收妥衣服，趕緊忙燒一家人的洗澡水，那時鄰居也都在後院忙碌——後院是傳統三合院延伸至現代透天厝的空間剩餘——那亦是女人退無可退的新領地：八嬸婆在揀菜、小嬸在磨刀、還有摺著一家八口衣褲的新嫁娘……服夫喪的黑衣七嬸婆，搶著最後微溫的日光在空地曬土豆，怎麼大家都不說話呢？

更年幼的時候我便常驚醒在五點多，山腰暮色如心靈陰影，那才小學一年級，我把黃昏當成了清晨，慌張衝下樓喊母親、我的制服呢——母親不在家；阿嬤、我的早餐可以帶去學校吃——阿嬤不在家。一整棟透天厝不見半個人影，機車汽車都在，電視也開著，那蔓延至現實的噩夢，夢中我樓頂樓腳奔走，滿臉是淚，大家都不在了——黃昏讓我想出去走走。

黃昏的廟口埕，燒香男女念念有詞在天公爐，廟口埕的市集我們號作「下晡市」。比起早市，下晡市買賣通常目標明確，只因晚餐料理在即，爐火上的高湯還熬著，實在沒時間閒晃，我常幫我阿嬤買一根蔥啊一把蒜、九層塔；下晡市又不同於超級市場得花時間比價，一切趕在日落前完成，下晡市如露天抒情劇場，劇長至多一個小時半。

下晡市最多菜攤、肉攤較少見，也有當季現採水果攤、鹽酥雞、修理電風扇、洗衣機、電視機，那賣一紙盤一紙盤保鮮膜料理的生意最好：白斬雞盤、海帶芽與粉香腸，讓下班路過的上班族媽媽、或剛從樹上溪埔地雙腳泥濘的農人順道買兩道菜回家。下晡市交易性格是機車汽車不熄火，攤販位置隨在人擺，為此人車爭道，交通衛生大打折扣。我週二常來買一鴨兩吃北平烤鴨，那烤鴨車吉普賽人流浪臺南縣山區，也兼賣一籠籠活鴨，一回有個近九十高齡的阿婆偎過來，她打算買一隻吊掛的全鴨做祭祀牲禮，老闆推辭說阿婆妳不划算啦、阿婆揮手表示無要緊，而且還多買一隻生鴨——我目送我看了多年的人瑞阿婆菜籃車披披掛掛往暮色深處沒去，生鴨為日光染成橘鴨呱啦噪音替她開路，這是第幾隻了呢？她已收養一圈子老鴨——

黃昏最怕在農田，不趕日頭落山回家鐵定會摸黑——那次困守「西仔尾田」的故事最近大家仍拿來講趣味。遠在深山林內的「西仔尾」田一分為二，田主人是伯公與阿嬤，阿嬤常說你伯公鴨霸、我們祖產都得對半分、說從前她們步行得繞一鐘頭腳程，現在騎機車十五分鐘就到了；阿嬤比畫從前沒忙到天暗漠漠，可別想回家——那天下午三點因二爺爺不在家，阿嬤與我決定搭上伯公的鐵牛仔，一路爬高落低彈跳到了「西仔尾」，田裡我們各自帶開：伯公去注射文旦樹，我跟緊阿嬤幫芭樂子穿衣服、剪萎枝、隨地丟棄的農藥罐集中回收……只有短短幾小時，工作必須加緊腳步。

我是地盤意識強烈的孩子，我的他的清清楚楚，為此從不輕易闖進附近陌生鳳梨芒果園，連伯公的文旦園我也不進入。

黃昏停在「西仔尾」邊界一座無名墳，墳邊生有大叢綠竹林，再過去就是延伸再延伸的柳丁園。現在農耕地不能隨便埋葬先人了，那些在律法規定前落壙的祖先遂也像失傳原生作物，他們被種在寫有現代地契的家園，他們是天然古蹟——我想像人類學家都該去抄墓碑，解讀碑上文字如解讀一地人種繁殖史，數十年來開枝散葉亦如那龍眼樹荔枝樹。

我對墳膜拜合掌，撥開草叢找到地上歇喘的阿嬤，日頭欲落山——蓋在「西仔尾」田邊的高壓電塔棲了數百隻黑鳥。

還沒有要回家嗎？阿嬤不好意思催促伯公。

祖父過世頭幾年，阿嬤一手帶三個孩子，伯公幫忙不少。

黃昏讓人不好意思。

阿嬤又重複說她初嫁來操到沒日夜，轉到脣攏七八點。她說服自己，安慰躁動的我。她定是想到家裡沒人燒開水、沒人款晚頓、大家晚上該吃什麼吧，這都是阿嬤的工作。我們等伯公，一如四五十年前伯公耐性等在醫院手術室外——父親因跌倒鼻骨碎裂，據說流了三天三夜的血。

今嘛係幾點仔——我和阿嬤等在老樹邊，失去視線讓人分不清樹是荔枝還是龍眼，尚未結果的荔枝龍眼外觀幾乎一模一樣，就像小學一年級我誤以為天黑就是天亮。

黃昏最怕等待。

終於阿嬤急起來，趁天黑先行坐上鐵牛仔，阿嬤說免得找不到車。

她問我腹肚夭無——當然無。

我們搭順風車而來，阿嬤要是會騎車開車就好了。

我們祖孫開始悔恨下午不該衝動出門。

此舉必讓平時負責載阿嬤出入的二爺爺難做人。

終於返家的鐵牛車駛在如長型舞臺柏油路上，日光燈自兩邊住家客廳打了出來，夜色下我站立鐵牛仔往家的方向望去——門口停靠一輛號誌燈運轉中的警察仔車，視線漸漸清楚起來。

母親提早下班大概備好了晚飯；上大夜班的父親特請假回家，鄰居紛紛建議他報警，一聽見鐵牛車砰砰聲響由遠而近大家趕快挨站到路邊，二爺爺擠在最前頭——是出事的祖孫回來囉。

回來囉，擱以為乎人綁票——鄰居說。

慰問的話沒人願意說出口，騎樓下大家都內疚——關於放任一對祖孫被親戚載到山林的事，該怪誰呢？

家裡都沒其他人啊？——鄰居說。

阿嬤最怕當主角，她能說些什麼——

怪誰、數十年來她只怪自己。

悄悄我溜進門。

警察仔說沒代誌就好——

倒是那陣子獨居的伯公，蹲在騎樓樑柱水龍頭清洗雨鞋時說、才八點多，擱早哩……

凝視楊得叁二十三歲的樣子，
現在我二十六，我叫他爺爺。

除了狗狗，還有阿花、黑仔、咪咪、阿花
的子女，都是護我成長的小犬團隊。

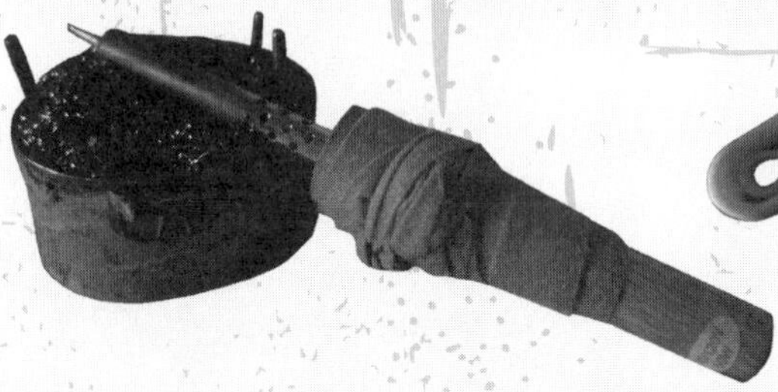

母親的電筆、電桶、鐵絲圈，生財工具，通
電後，以熱筆將各式繡像圖樣描裁下來。

母親的紡織剪，生財工具，
散落家中各個角落，危險！

我們家的古厝，輩分最低階，三合院最外緣，白蓮霧樹、菜瓜棚、偉士牌與遠方
的鴿籠，這裡曾住有寡婦阿嬤和三個子女，這裡有我文學的一切，ALL。

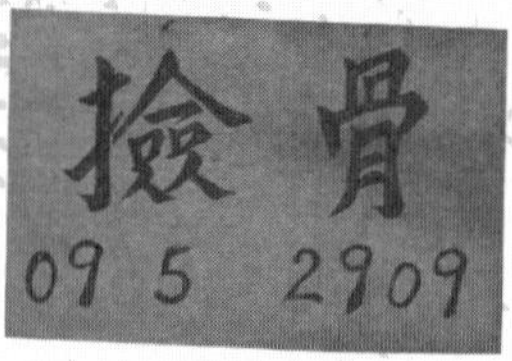


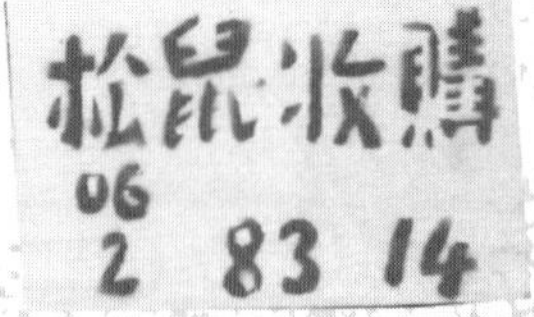


不管收購老鼠、撿骨挖墳，直直白白，
不要隱喻、不要形容詞。

綁在亭仔腳的迷你天公爐，太
可愛了，不用了記得送給我。

在山區巧遇土地公小廟，像模型玩具、
像ATM提款機。

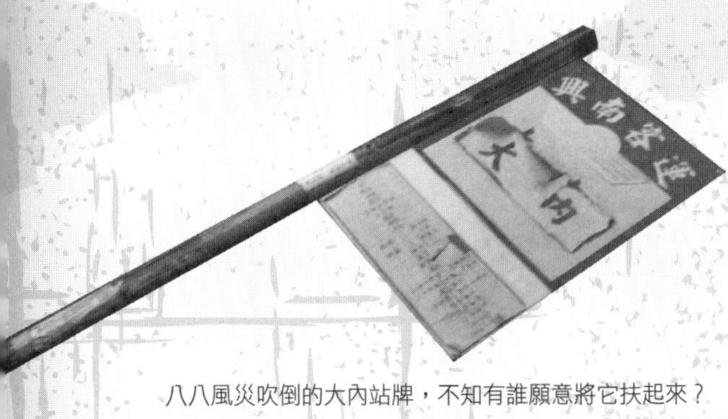

八八風災吹倒的大內站牌，不知有誰願意將它扶起來？

小學時期最大的疑惑：為什
麼要讓企鵝吃垃圾？

# 寫作外一輯

Juppet繪

# 小診所

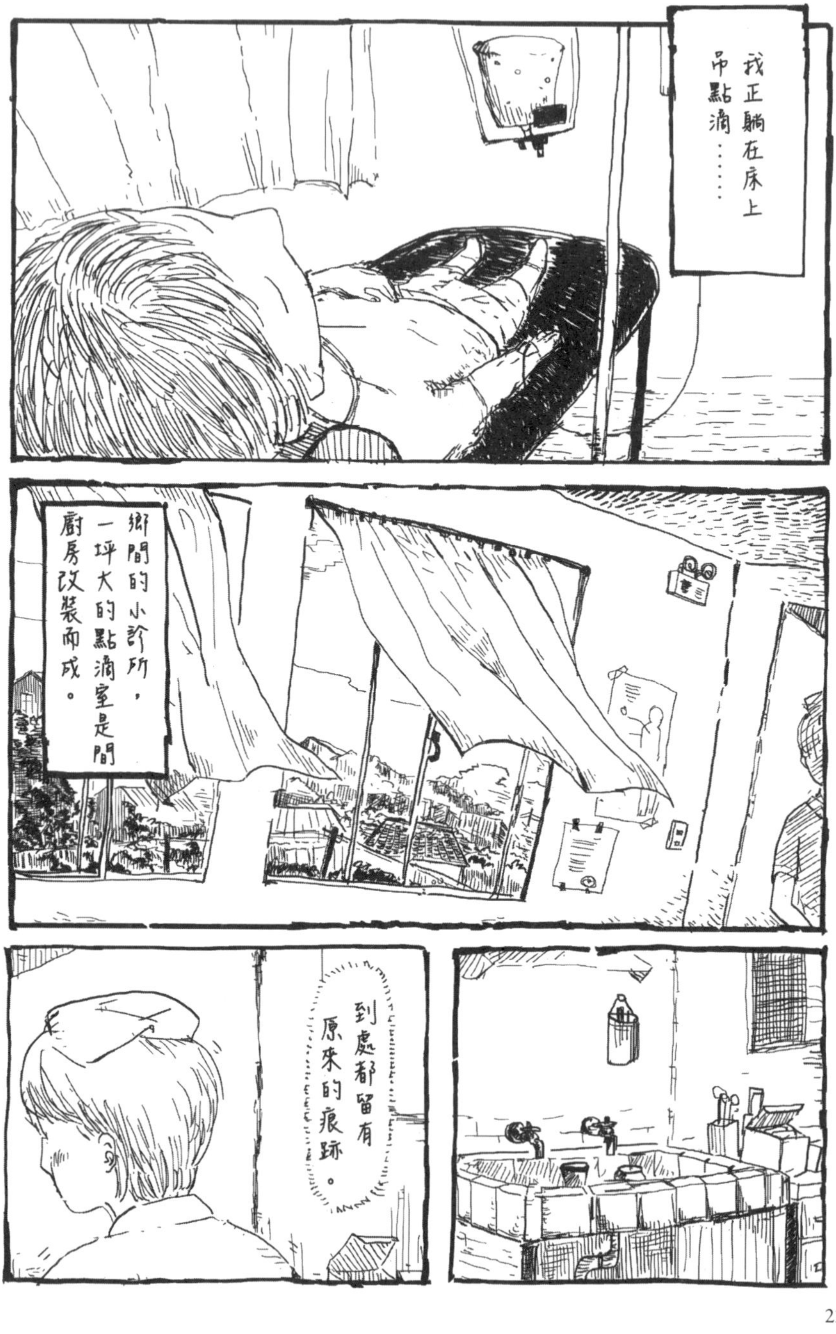
我正躺在床上
吊點滴……
鄉間的小診所，
一坪大的點滴室是間
廚房改裝而成。
到處都留有
原來的痕跡。

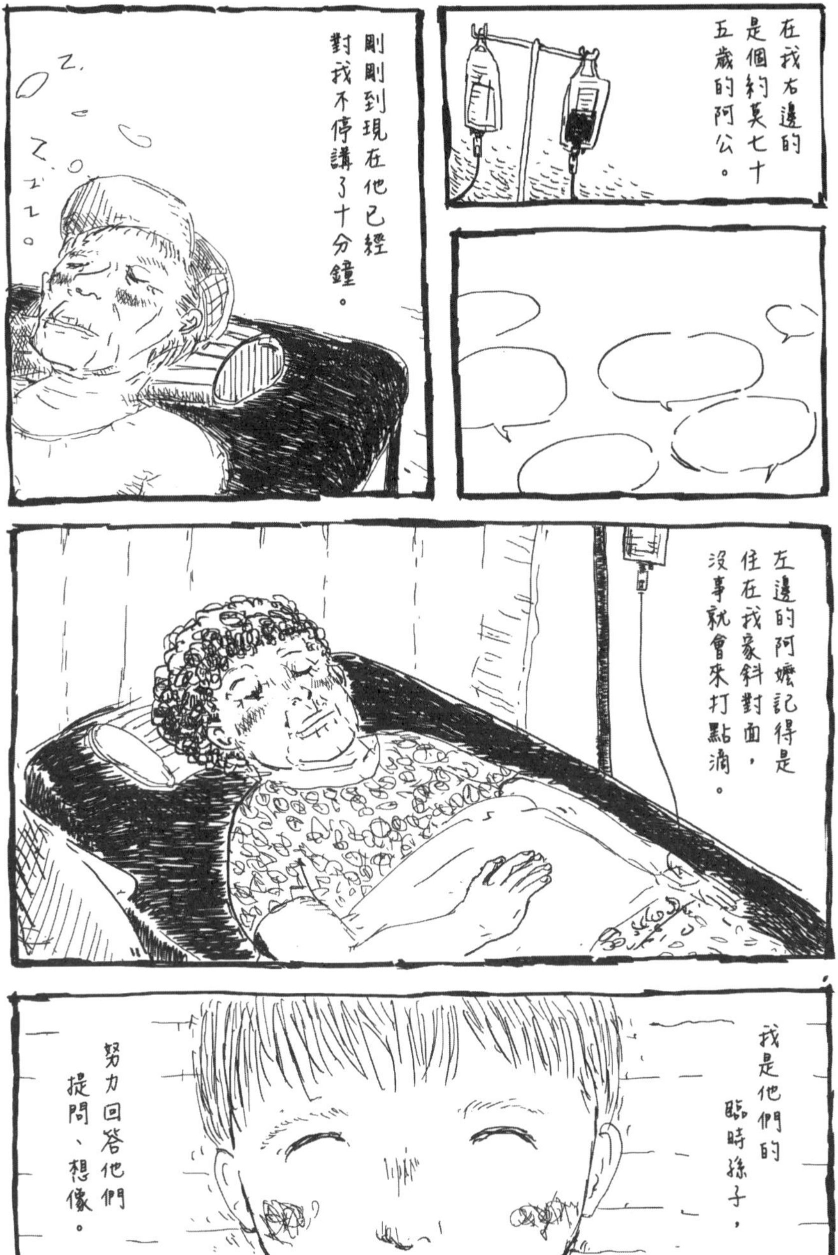
在我右邊的是個約莫七十五歲的阿公。
剛剛到現在他已經對我不停講了十分鐘。
左邊的阿嬤記得是住在我家斜對面，沒事就會來打點滴。
我是他們的臨時孫子，
努力回答他們提問、想像。

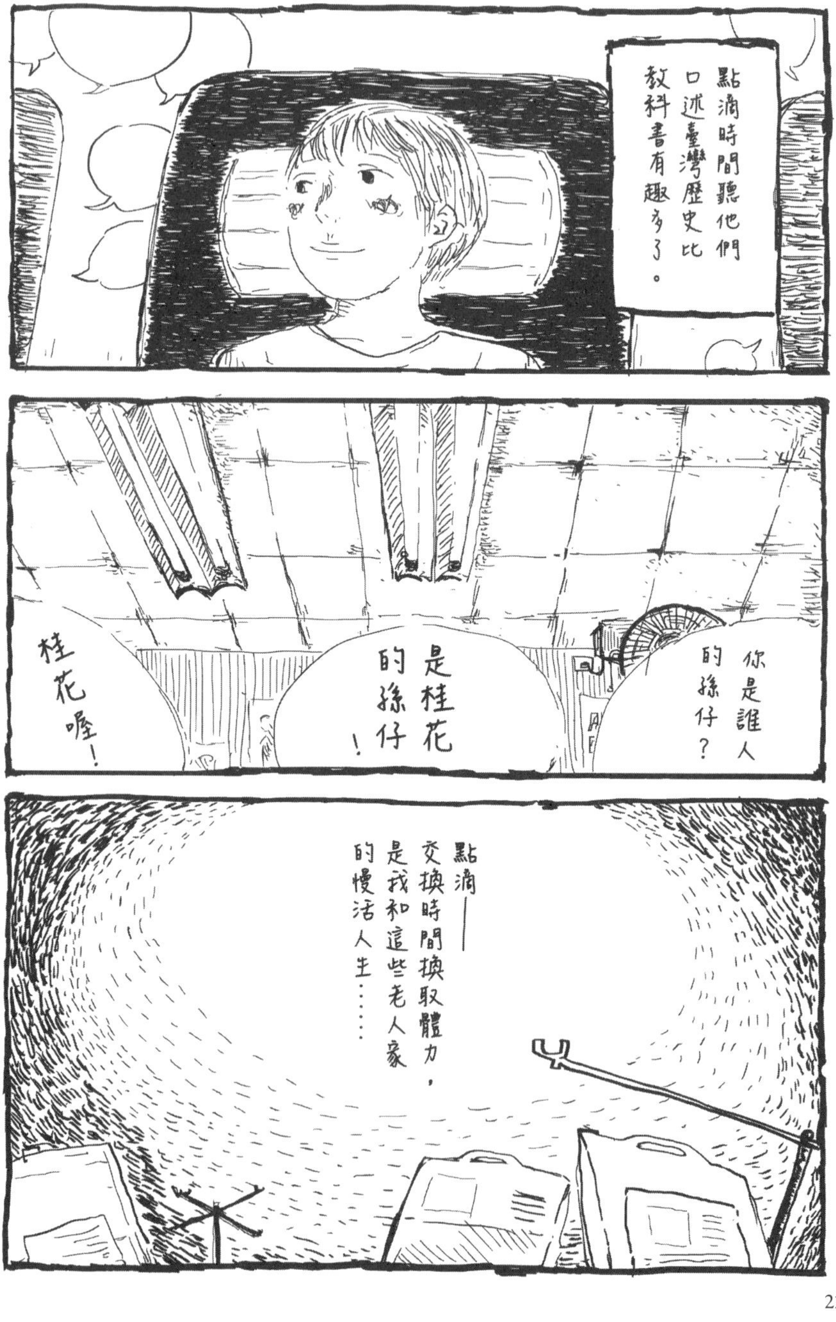

點滴時間聽他們口述臺灣歷史比教科書有趣多了。
你是誰人的孫仔？
是桂花的孫仔！
桂花喔！
點滴——交換時間換取體力，是我和這些老人家的慢活人生……

有一年陪著阿嬤來掛號，忘了帶健保卡……
妳叫什麼名？
號
安怎寫？
林……
林旺的林
展蘭的蘭啦！
阿嬤當年確實身形粗勇如大象呢！

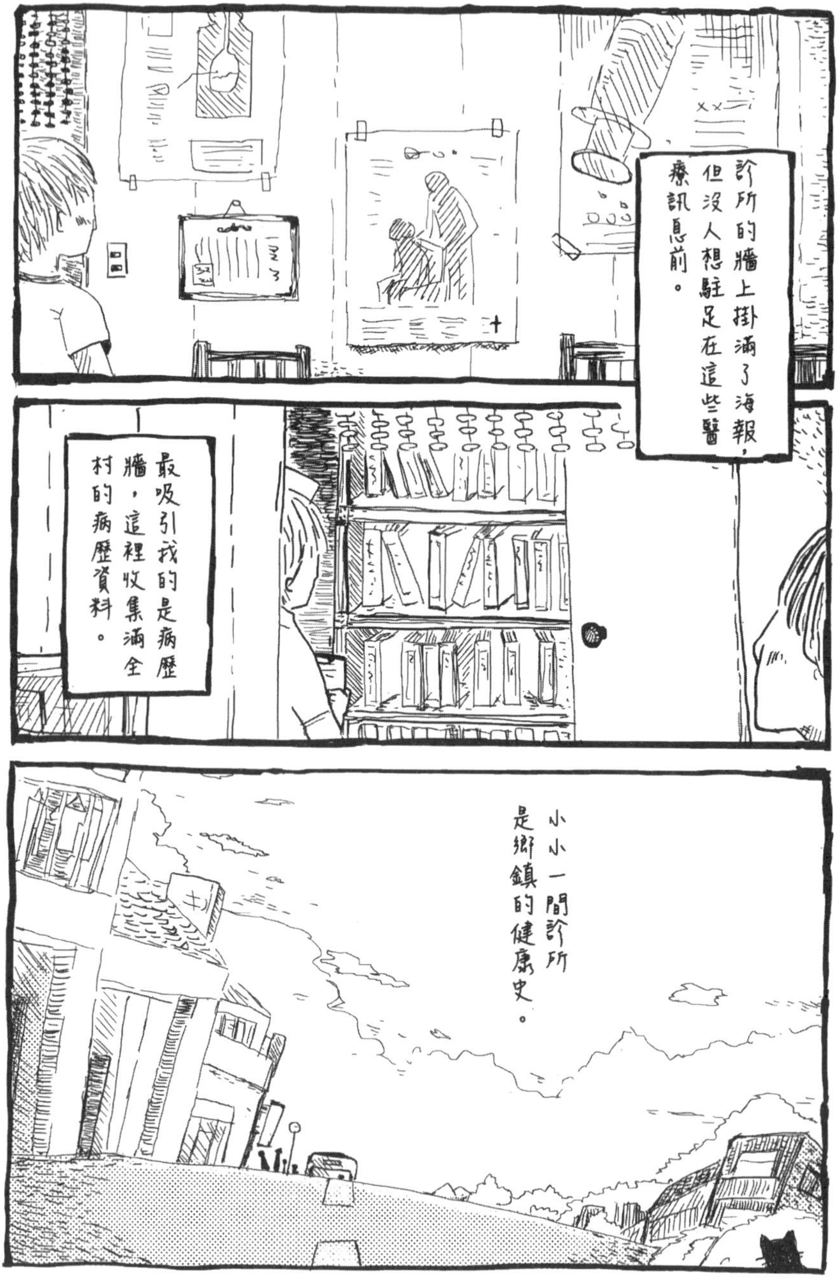
診所的牆上掛滿了海報，
但沒人想駐足在這些醫療訊息前。
最吸引我的是病歷牆，這裡收集滿全村的病歷資料。
小小一間診所
是鄉鎮的健康史。

# 寫真沖印館

鄉內僅有一間寫真館，
掛在牆上的照片猶如
攝影展。
婚紗照
進香留念
證件照……
它以後就是
一間文物典藏室，
照片連接過去與未來！

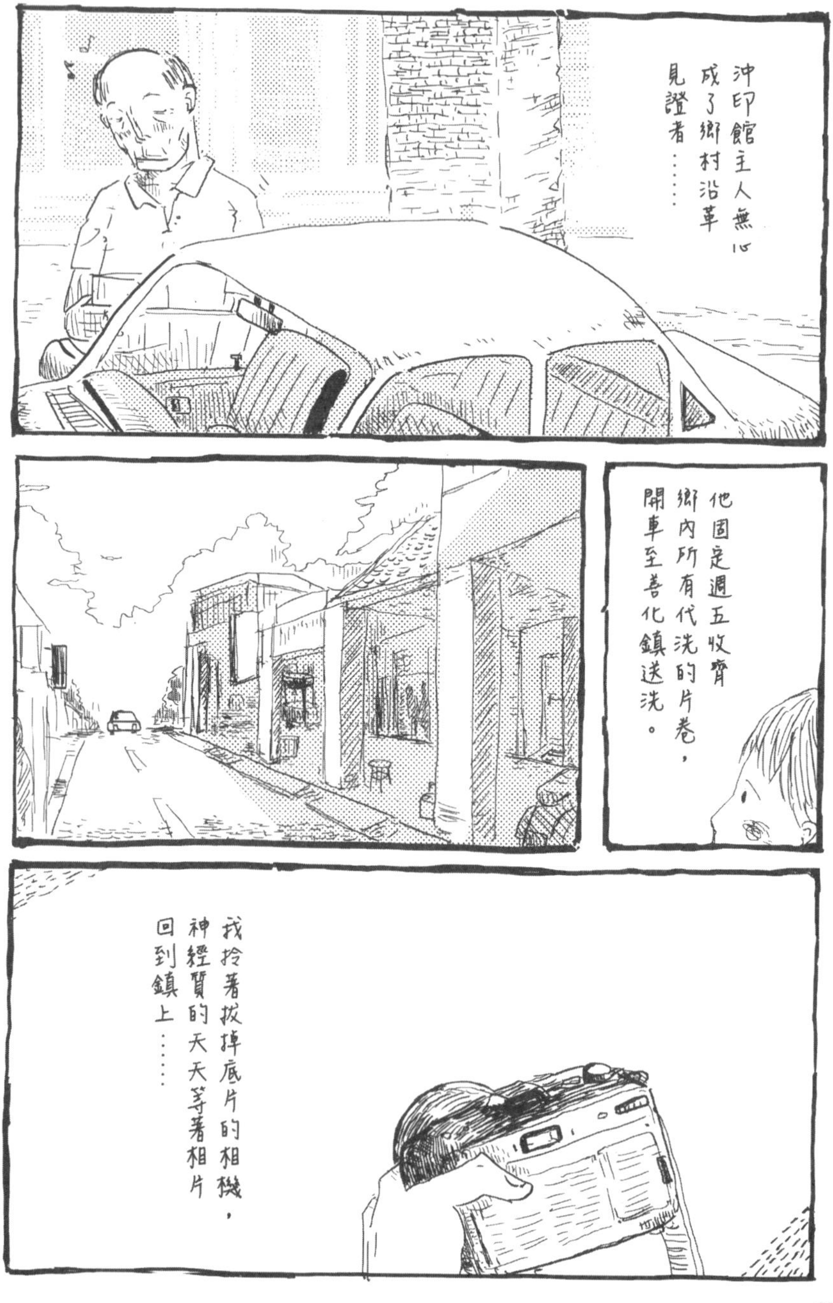
沖印館主人無心
成了鄉村沿革
見證者……
他固定週五收齊
鄉內所有代洗的片卷，
開車至善化鎮送洗。
我拎著拔掉底片的相機，
神經質的天天等著相片
回到鎮上……

阿嬤是不喜歡拍照的人，
印象中總是缺了張獨照。
哪張卡厚？
？
就連更換身份證也好不容易出門拍回大頭照。
不是都差不多
理由類似呂赫若小說那句：「照相會使人消瘦。」
父親婚禮那天的家族合影。阿嬤神情緊繃，彼時四十八歲的她是望向何方呢？
相簿

我開始偷拍阿嬤是國二那年。
阿嬤身體越來越糟，我快門越按越快……
看這邊
阿嬤是被我拍瘦的……

# 初版推薦語（依姓氏筆劃排序）

每拿起楊富閔的散文，總被他的文字和場景所吸引，宛如在廟口連看臺語片好幾部，眼耳中的人情世故，是大內農家，是文化煙靄，也是當代生活況味的，在他筆下全盤活現，且香辣生動。

而做為一個讀者，在這樣的人物語境中，也一邊口說臺語，也同時看著「片上中文字幕」，一種忽而典雅，忽而北管，忽而校園壁報的聲勢韻致，就是楊富閔散文獨特的迷幻語言。

讀完了整部他的新書，深覺慶幸，這個惜情的孩子，透過書寫親族的生死關情（他從小不就是這二百多口人裡最愛說話的一張嘴巴），也書寫了家鄉的史地變遷（他就還躲在這些老房子的亭仔腳，舞著竹竿發聲），更寫出了我們這二三世代，似乎經常忘記回看，或看了也記憶模糊的臺灣農村（他真的是好多阿公阿婆們臨時的孫子，而且，是很會寫的一個花甲男孩）。

——汪其楣

少年作家楊富閔文字事業才開始，不宜多說；成績斐然，不用多說。特別害羞和緊張的富閔，實是個詼諧又親切的人。他心眼極細，文學訓練比較充足，文字上擅用日常詞彙和語法來經營生活的戲謔荒唐，不會捲在漫天漫地的軟抒情裡。他勤讀文獻地誌、文學名著，寫阿嬤、父親，和廟事的數篇頗有幾分魯迅《朝花夕拾》裡的那種綿延深長。

出道甚早又常獲稱讚，富閔並沒有給才氣和名氣沖昏頭，他持續專注於一系列自己最熟悉的家厝題材，用心琢磨，細細鋪陳，實在體會，比同輩作家們多出了一分篤定和層次。鄉土卻不囚困於鄉土主義，又比傳統鄉土作家多出了趣味和發展的空間。

——李渝

這是一本新品種的懷舊散文，從後現代鄉土和文青物語的形式裂變而產生，花甲男孩楊富閔這回現身為「大內」高手，用熱筆寫出南臺灣「熱ㄊㄊ」的風土人情。他的宮廟地理誌、鄉村老人學、疾病與家族史，以及那些姑婆、姆婆、舅公、伯公，巴斯克林、果菜汁和電子雞……族繁不及備載的一切，都是生命中深刻而細微的體驗。藉由活潑多變的語言風格和高明的說故事技巧，楊富閔鋪陳了個人的心靈小史，也帶領讀者更深入探觸臺灣庶民生活的底層，聞嗅那股和命運周旋到底，可以暫時低頭卻永不放棄的，有如老樟櫃的樟腦味——那正是臺灣人旺盛的生命力。

這是一本很特殊的家族書寫，作者不僅反覆再三的向自己的記憶深處挖掘，更能參照臺灣文學、文化相關的史料知識，追索的不只是家族的種種悲劇或創生的源流，其實同時更是以「大內」為中心的鄉土誌與以媽祖信仰為中心的風俗誌，以及二者重疊的在現代化衝激下的發展與衍變，等於是以切身體驗所呈現的臺灣南部鄉土的發達與興衰史。

——洪淑苓

本書以戲劇性的文筆，時而夾雜以族人的母語告白，充分表現了族人的，似乎不免於愚拙滑稽但卻是真誠善良的性情，在頻近黑色喜劇的幽默敘述裡，其實飽涵憐愛與疼惜的款款深情，因而雖是篇分多章，近於散列無序，古來即有的「夢憶」、「夢尋」等書寫，但卻是一本搖曳多姿，感動人心的「自傳」，因為篇篇皆有我在，事事皆染愛的色彩，值得玩味再三。

——柯慶明

楊富閔筆下的鄉土，宛如一場又一場光怪陸離的夢境，但竟又如此的真切有力，直逼目前，讓人不禁恍然大悟，原來富閔道出了臺灣社會底層最魅惑迷人之處，早已非「魔幻寫實」四字可以形容，因為它自有一股穿越現實與夢境的魔法，肅穆，荒謬，搞笑，悲傷，渾然天成，而這正是臺灣人原汁原味的真性情。

——郝譽翔

楊富閔以敏銳而飽含情感的文學技藝，加上客觀知性的學術訓練，以家族史為中心，巧妙地融鑄鄉間風俗、庶民生活實況、歷史風土、天災人禍、宗教信仰、生死觀、廟厝建築、農產經濟、科技新風潮等等臺灣鄉間習以為常的繁複細節，塑造出新一代的鄉土文學風貌：即以年輕輩的眼光去重新理解家族長輩的諸多言行與悲歡，筆下流露溫暖與體諒，而非冷漠與批判；以學術研究的眼光去上溯臺灣傳統文學、文獻與鄉土的緊密關聯，展現出歷史一貫的傳承感與自信心，而非悲情自抑或認同焦慮，甚至自我歷史扭曲斷裂；又以現代的眼光去察看鄉間真正的變與不變之處，重新省視自我乃至於家人、鄉人的本色與美好，而非一味貶損與嘲弄。

這是一本年輕而活潑的鄉土文學誌，楊富閔穩穩接下前輩鄉土作家的棒子，刻劃出獨屬臺灣鄉間的九〇年代，——前有先輩，他是來者。

——張輝誠

沒來過鄉間的臺南，不算真的認識臺南。來自臺南大內區的楊富閔，年紀雖輕，卻寫出臺南土的黏、臺南人的親。沒來過臺南鄉間，讀他的書可以稍稍彌補缺憾；讀過他的書，就更要來臺南鄉間走走，感受土地的厚度、人情的溫度。

——賴清德

# 爲阿嬤做傻事：解嚴後臺灣囝仔心靈小史 1

國家圖書館出版品預行編目（CIP）資料

為阿嬤做傻事：解嚴後臺灣囝仔心靈小史．1／楊富閔著．-- 增訂新版．-- 臺北市：九歌，2019.05
240 面；14.8×21 公分．--（楊富閔作品集；4）
ISBN 978-986-450-241-7（平裝）
855　108004493

作　　者——楊富閔
創 辦 人——蔡文甫
發 行 人——蔡澤玉
出　　版——九歌出版社有限公司
臺北市 105 八德路 3 段 12 巷 57 弄 40 號
電話／02-25776564・傳真／02-25789205
郵政劃撥／0112295-1

九歌文學網　www.chiuko.com.tw

排　　版——綠貝殼資訊有限公司
印　　刷——晨捷印製股份有限公司
法律顧問——龍躍天律師・蕭雄淋律師・董安丹律師
初　　版——2013 年 9 月
增訂新版——2019 年 5 月
定　　價——300 元
書　　號——0111604
I S B N——978-986-450-241-7